由生存到寻找意义

海潮／著

作家出版社

作者简介

海潮，本名翟海潮，1965年4月生于河南濮阳，工学硕士，中国化工作家协会会员，中国红楼梦学会会员，中华诗词学会会员。曾任大学讲师，德国Kaiserslautern大学访问学者，后创业从事企业管理工作20余年，出版胶黏剂技术及企业管理专著10余部。

2015年，翟海潮离开企业投身文学创作，先后出版了《心想事成》《胶黏剂行业那些事》《古今石油和化工人》《诗画品红楼》、长篇小说《铁哥俩》等著作。此外，他还创建了“思想者札记”和“诗画品红楼”微信公众号，发表了500余篇思想性散文及《红楼梦》品评文章，并创作了几百首格律诗词，深受读者喜爱。他的新作《诗情画意品红》由中华书局出版。

翟海潮的创作横跨技术与文学，既展现了他理工背景的严谨思维，又融入了人文情怀的深邃思考，形成了独具特色的创作风格。

前言

亲爱的读者：

当您拿起这本书时，或许正处在人生的某个十字路口；也许您事业有成却感到空虚，也许您忙碌终日却找不到方向；又或许您正在思考：除了生存，人生还应该追求什么？

这本书是我人生经历的沉淀，是我多年的思考和感悟。从一名大学讲师到创业者，再到写作者，我一直在探索一个核心问题：如何在现实生活中找到生命的意义？全书共90篇短文，分为9个章节，就像9个台阶，带领您从现实困惑逐步走向精神超越。

在本书前半部分，我们首先探讨那些困扰现代人的实际问题：

—— 如何取得成功？（“人生在于选择”“成功三要素”给您提供指南）

—— 如何有效沟通?(“ALLS沟通法则”帮您化解人际障碍)

—— 如何理解两性差异?(从“男人来自火星,女人来自金星”的视角重新认识亲密关系)

—— 如何突破自我局限?(“松毛虫实验”揭示我们常陷入的思维怪圈,“空杯心态”破除认知固化)

当这些生存层面的问题得到解答后,我们会自然转向更高层次的思考:

—— 什么是真正的幸福?(“MPS模型”帮您找到个人化的幸福配方)

—— 如何保持身心健康?(“三平衡法则”指导您建立可持续的生活方式)

—— 如何面对终极问题?(关于死亡、信仰和宇宙本质的开放性探讨)

特别值得一提的是,书中融合了东西方智慧:

—— 既有西方智慧和心理学的最新研究(尼采、弗洛伊德、爱因斯坦的思想,情商理论、能量层级等);

—— 也包含东方传统智慧(《黄帝内经》的养生之道、儒释道传统文化、王阳明的心学精髓)。

这些内容不是枯燥的理论说教,而是来自我的亲身实践:

—— 用“杠杆原理”指导人生的成功与幸福;

—— 用“圜道循环”看待人生起伏;

—— 用“拔除烂草莓”的方法处理心理障碍;

—— 用“关注圈收缩”对抗信息过载。

在写作风格上，我把理工男解决问题的思维方式，用在了探索人生意义这个课题上，力求让深刻的道理变得生动易懂：

—— 用“银杏叶”比喻生命轮回；

—— 用“尺蠖效应”解释现代社会的急功近利；

—— 用“氧化反应”诠释生命的衰老。

这本书适合这样的您：

√ 正在经历职场转型或人生困惑；

√ 想要提升自我却不知从何着手；

√ 物质富足却感到精神空虚；

√ 对哲学和心理学感兴趣；

√ 喜欢在阅读中思考人生。

当然，书中某些命题探讨得还不够深刻，某些内容可能不好理解，需要您放慢阅读速度，比如关于“无我”境界、终极问题的讨论，或是东西方文化的比较。

您可以根据需要这样阅读本书：

—— 按顺序逐章阅读，体验思想的完整进阶；

—— 根据目录直接跳读最需要的章节；

—— 在书页空白处记下自己的感悟；

—— 把实用的方法（如ALLS沟通法则）贴在显眼处随时提醒自己。

在这个信息爆炸却智慧稀缺的时代，希望这本书能成为您的一方净土。它不会给您标准答案，但会提供思考的工具；它不能替代您的生活，但能照亮您前行的道路。

让我们一起，从生存走向意义。

翟海潮

2025年春于北京

目录

第3章 人生在于选择

第4章 心安是归处

第5章 你的误区

第6章 自助者天助

第7章 幸福的蹊径

第8章 健康之路

第 1 章

自然的启示

· 无形的缸沿

· 又是一年银杏黄

· 宠物与现代人的孤独

· “年”是什么

· 圜道：循环之道

· 如何打破恶性循环

· 科学、艺术、哲学断想

· 岩石的逻辑和水的逻辑

· 动物会犯罪吗

· 由尺蠖效应看债务危机

1

无形的缸沿

人的行为模式一方面给自身带来信心和便利，但在另一方面也可能形成故步自封的缸沿。

法国作家、昆虫学家亨利·法布尔在《昆虫记》一书中讲过一个结串而行的松毛虫的故事，大意是：铺了沙层的地台上，长着有虫窝的松树，树旁有几口栽着棕榈树的大缸，缸口周长有1.5米左右。有一天，一只成员极多的虫队攀上缸口，等它们在缸沿上快要形成一圈时，法布尔把仍排在攀登纵队当中的松毛虫全部撵开，这样就形成了一个首尾相接的环形虫队，不再有什么队长。每只松毛虫前头都有一只松毛虫，它们都踩着前一位伙伴的脚印，在“丝路”（松毛虫吐的丝）的引导下，向前迈步。沿缸沿转过一圈，丝线轨道铺设就位，形成了一个几乎和一个圆环别无二致的循环跑道。这队松毛虫在缸沿上整整爬行了7天，经历了霜冻、饥饿、脚伤的折磨，到第8天才分批从缸沿上爬下来，回到窝里。每只松毛虫7天多的总行程435米，沿缸沿走了335圈，也没有能获得任何启示。如果不是露天、夜间寒冷造成的秩序混乱，不是一路劳顿后亟须休息，不是偶尔在环形路外丢下的丝线，那么它们就会在自己铺设的环路上丧生了。

读完这则故事，我想松毛虫真是太低等的生物了！但又转念一想，作为高智能的人类，自己不是也有许多至今尚未摆脱的“无形缸沿”吗？比如，“自以为是”是人际沟通中的最大障碍，而我总是固执己见。沟通失利时，总是下定决心告诉自己：下次我一定要认真倾听，下次我一定要换位思考，下次我一定要求同存异；下次……结果下次，在同样情况下，却仍然犯着同样的错误……一次又一次地伤害着亲人、朋友。

不吸取教训，也许是没有认识到问题的本质，也许是内心深藏着的顽固不化，心底里不愿认错；也许觉得犯一些小错误根本不足挂齿，也不需要纠正；也许是存在侥幸心理，对自己过于自信，认为只要注意到了就不会发生。

人的行为模式一方面给自身带来信心和便利，但在另一方面也可能形成故步自封的缸沿，人太容易自以为是，不愿承认错误，沉迷于旧的模式中。我们每个人都有一个根深蒂固的情结：每个人都是以自我为中心，每个人都喜欢听自己喜欢听的，看自己希望看的；每个人都是从自身的观念和欲望出发，去看待周围的一切。

以自我为中心、强化自我或保护自我的归因现象，心理学称为“自利归因”。比如迟到了不会认为是自己起床晚了，只会辩解说是天气不好、路上堵车等等外在原因，说白了就是所有的错都是别人的错，无理也要搅三分。自利归因，往往让人不去分析自身的问题，不去解决问题，更多的时候都是自己欺骗自己的好方法。而这种推卸责任、扭曲事实真相的做法，只会带来再次的失败。

松毛虫的机械行走和人类智慧不能相提并论。但就缸沿来说，松毛虫有同松毛虫的低级智商相应的有形缸沿，人类同样也有自己“无形的缸沿”。“无形的缸沿”不像有形缸沿那样浅显、直接，它是由人类的经验、知识、智慧在内的高级素材所组成，是复杂多变的人类社会环境所带来的怪圈，因而对人类的感受和思考能力同样构成高级的挑战。同松毛虫一样的是，在很多情况下，人类也缺乏相应的高级“悟性”来走出这类“无形的缸沿”。

人总是好了伤疤忘了疼。人的个性、观念一旦形成，往往是根深蒂固、难以改变的。人最大的敌人是自己，人要摆脱自己造成的“无形的缸沿”，一个有效方法就是不断地进行自我反省，承认错误。

人的成长是建立在尝试错误的基础之上。犯错误不可怕，怕的是不知道错误在哪里，怕的是找不到补救措施，怕的是不总结经验、吸取教训，怕的是缺乏自我纠错能力，下次仍然重复失误。

要摆脱“无形的缸沿”，关键是不能被我们自己的积习、旧的行为模式所奴役。我们只有面对错误，认清问题的本质，才能找到绕道前行的道路，自我提升才有迹可循。

2

又是一年银杏黄

那飘落下来的银杏叶更像金色的小裙子，它曾经是有生命的，我要带回去夹在书中作书签，记下这片生命的轮回。

去年深秋的一个周末，我与夫人漫步于北京的使馆区，巧遇三里屯东五街银杏大道对外开放。远远望去，枝繁叶茂、伟岸挺拔的银杏树巍巍屹立于道路两旁，气势昂扬，像是体魄健壮、表情威严的卫兵在为使馆站岗。金黄色的银杏树与一座座使馆交相辉映，构成了一道独特的风景线。

银杏树下，人们欢声笑语，在赞叹这美丽秋色的同时，纷纷举起相机或用手机拍下这美丽的景色。一位女士举起自拍杆，留下自己的倩影，她的黑上衣、红裙子在金黄色的背景下引人注目，令人难忘。就让这一刻，掌握在你的手中，别让它溜走……

一阵微风吹过，满树的叶子犹如一把把金扇子一齐摇动，在阳光下熠熠生辉，发出“沙沙”的声响，风铃般的清脆，仿佛小精灵在欢快地玩耍。有些叶子好像在和风儿一起舞蹈，互相追逐、嬉戏，打着转儿飞下来，如同一只只金色的蝴蝶漫天飞舞。纷纷扬扬飘落下来的叶子，又成了一地的金黄，把道路装扮得格外美丽。

抬头望去，银杏树在蓝天的映衬下显得更加金黄。树下人头攒动，还有那半空中升起的红气球……这是谁的杰作？它像是秋风举起的一支饱蘸金色油彩的大画笔，为蓝天画出的一幅最亮丽的图画，我彻底被眼前的美景震撼了……

又是一年银杏黄，今年深秋，我与夫人又一次走进三里屯东五街，那两排随风摇曳的银杏树依然挺拔屹立于道路两旁，仿佛一道起伏汹涌的金黄色的波浪，让我又一次陶醉于这片秋天独有的美景之中。

秋天就像一个魔术师，又一次把银杏树叶染成了金黄色。我想凡·高也会迷恋于这片金黄，除了他的向日葵，他也会为这金黄的银杏树而陶醉。我不会作画，只好按下快门，记录下这一幕幕独特的风景。

喀麦隆使馆黄色的房子，仿佛在与银杏树争强好胜，看谁黄得更美，还有那黄红绿三色国旗迎风飘扬，特别是国旗上的那颗黄色五角星，在蓝天的衬托下好像在闪闪发光。

墨西哥使馆砖红色的墙上画的黑色食蛇鹰，在旁边那棵高大的银杏树映衬下栩栩如生，让我想起阿兹特克印第安人根据神示在一只鹰抓住蛇落在仙人掌上的地方，发现了墨西哥城的传说。

踱步于东五街，望着银杏树之蓬勃，之繁茂，它的美姿，它的金叶，它那粗粗细细的枝干中，没有横生，更没有一枝垂下头来，从那昂然向上的气魄中，我读出了生命的坚强。

那满树金黄色的银杏叶像一把把金色的扇子，扇去了夏日的炎热，送来了秋日的寒凉，让人冷静地思考。那飘落下来的落叶像是仙女下凡，我从中读出了生命的轮回。

如果说日月轮回的四季是一幕跌宕起伏的戏剧，那么秋天就是戏剧的高潮。秋天是清高的，是寄托愁思的季节；秋天是浪漫的，到处挂着沉甸甸的果实；秋天是萧瑟的，心底总有一丝惆怅和几许淡淡的忧伤。

年年岁岁叶相似，岁岁年年人不同。没有了去年的红气球和穿红裙子的女士，今年我看到了穿蓝色上衣的可爱小男孩，父母在为他拍照。在金色银杏树的背景下，我也按下快门留下了这美好的一刻。

你在树下拍风景，拍风景的人在旁边拍你。银杏树进入了你的镜头，你装饰了别人的画面。这个世界，人人都处于相互联系之中，当你谈论别人时，褒也好，贬也好，你自己也被别人或褒或贬……

我弯下腰，轻轻拾起几片金黄的银杏叶，欣赏着这份浓浓的秋意。我觉得那飘落下来的银杏叶更像金色的小裙子，它曾经是有生命的，我要带回去夹在书中作书签，记下这片生命的轮回。

我静静地驻足于银杏树下，微风中，树叶沙沙的声响，仿佛在悄悄地向我述说：日升日落，月圆月缺，春夏秋冬，生长壮已 …… 我沉醉在了这金色的梦中。

3

宠物与现代人的孤独

猫与狗的受宠凸显现代人的孤独与寂寞，人与人交往缺少安全感，为了排解孤寂，宠物成了他们最好的伙伴。

我家黑猫“乖乖”13岁了，是我儿子上初中时从同学家抱回来的，我们一家人都特别喜欢。抱回家不久，我训练“乖乖”养成了一个打滚的动作，我用手在它面前画圈，“乖乖”就会在地上打滚，甚是可爱。

“乖乖”很神秘，当你与它对视的时候，它完全是一副哲学家的样子，好像什么都知道，但是什么都不说。“乖乖”是孤傲的思考者，更是爱玩的萌宠，对什么都好奇，它好像更喜欢高处的东西，家里的墙纸多处被它撕掉。猫喜欢独处，“乖乖”很独立，有几次出远门家里没人，给它放好水和猫粮，“乖乖”可以自己独立生活四五天。可当我们回来的时候，它好像一脸不高兴的样子。

与猫相比，也许狗更受人欢迎，可能是因为狗的温顺吧。我小时候在老家也养过狗，当时狗是用来看家的，没有给它起过名字，就叫它“阿黄”吧。“阿黄”很懂我的心思，每次放学回到家里，它会飞扑而来，一直抓到我的红领巾。“阿黄”知道你是主人，做任何事都听你的话。但猫咪“乖乖”可没有那么顺从，猫认为你是它的仆人，想让它跑过来迎接你？没门！晚上睡觉的时候，狗会睡在地上，默默地守护主人。而猫会主动地跑到你的身边陪你一起睡觉，当然它们只是认为你在陪它们睡觉而已，别想太多。与狗相比，我更喜欢猫与人相处时那种“若即若离”的态度，彼此相互欣赏，又不过多干预彼此。这些年来，我一直是“乖乖”的“铲屎官”，大部分时间都是我来喂食，很庆幸“乖乖”长这么大从来没生过病。

前些天“乖乖”突然不吃不喝，第一次带“乖乖”去动物医院看病，让我眼界大开。来动物医院看病的宠物络绎不绝，如今人们真是把宠物当孩子养了。

一位40岁模样的女士家里的暹罗猫得了糖尿病，我很好奇，猫也得糖尿病？女士说她每个月花在猫咪身上的钱有一两千元，买猫粮，买好吃的，还专门到宠物商店给猫咪定期洗澡、刷牙、驱虫以及做内耳道检查，每年还要做一次全身体检。

一位中年男士带着他的“金毛”来医院看病，他的狗狗口腔里长了一个肿瘤，大夫从狗狗口腔里取了样，说是需要寄到德国去化验，两到三周才反馈结果，男士心里很着急。

一位打扮很时髦的小女生，玩着手机游戏，正陪着她的雪纳瑞（狗）输液，她家狗狗绝育后得了并发症和贫血，曾在医院住过一周，床位费加上输血和治疗，一次住院花掉了1万元。

经济越来越发达，人们的思想观念正发生着重大变化。越来越多的人喜欢独身或暂时单身，宠物成了他们的生活伴侣；有的是不要孩子的“丁克家庭”，宠物成了他们的“孩子”，成了家庭的一员。有的老人，孩子不在身边，宠物成了他们最好的陪伴。

在社交互联网络越来越发达的今天，人们动动手指就能通过各种App一键消除寂寞，各种娱乐和信息，让你应接不暇。但这毕竟是虚拟世界，当你放下手机的时候，孤独感油然而生。而宠物填补了人类陪伴需求的空白，特别是宠物狗，几千年的驯化已经失去了原有的野性，而多了一些人的习性，非常顺从和懂得人心，让人倍感温暖。

狗与猫的受宠凸显现代人的孤独与寂寞，人与人交往缺少安全感，为了排解孤寂，宠物成了他们最好的伙伴。如今，养宠物的人越来越多，男女老少，不分年龄和性别。大部分人养宠物是想有个单纯而美好的伙伴，以弥补处于社会生活旋涡中所难以感受到的温暖。现代人处在社会之中可能需要伪装，然而面对宠物你永远都是最为自然真实的自己，宠物是忠诚而有趣的伙伴。

现在，宠物行业已经形成了一个庞大的产业。前不久看到一篇文章让我哭笑不得，内容大概是“宠物行业能否通过现代人孤独的痛点找到盈利点”，通过现代人的孤独感来挣钱，太有商业头脑了吧！

4

“年”是什么

小时候，年是一件件新衣裳，而现在，年是……

如今，年味越来越淡了！随着生活的富裕，我们不再期待过年时能穿上一身新衣裳。鞭炮禁放，城市里已听不到“爆竹声声除旧岁”那热闹的喜庆声。

春节期间，我漫步在北京三里屯酒吧街和太古广场，这里是一个知名的国际社区，是北京最时髦的地方。为了过年，许多人离京返乡，酒吧、商店关门，这里成了一个空城。

空旷的大街上，已看不到往日的热闹气氛，此时此刻，我感慨万千，写下了《“年”是什么》这两首小诗，期望能唤回点滴童年的记忆！

一

小时候，
年是一件件新衣裳，
母亲用温柔的手帮我穿上。

长大后，
年是一个个饺子，
我与父母一次次包进团圆。

后来啊，
年是一串串的鞭炮，
我教儿子小心地把它点燃。

而现在，
年是一次次的祝福，
我将它送到一个个朋友圈。

二

小时候，

父亲告诉我，

年是一只狮头、牛身的大怪兽，

乡亲们用红色、火光、鞭炮把它驱赶。

长大后，

我领悟到了，

年是草木枯荣、四季更替的起点，

是辛勤耕耘、日积月累不断增长的才干。

后来啊，

我告诉儿子

年是事物的成熟与收获，

是日月星辰、春夏秋冬周而复始的循环。

而现在，

我重复着父亲的话，

年的的确确是一头大怪兽，

任何人逃不出年的魔爪、逃不出轮回圈。

5

圜道：循环之道

圜道理论能使我们的眼光更远大，使我们更快乐、更富有、更聪明。

圜（huán）道，即循环之道，英文为cycles。圜通圆，因此，圜道也称圆道。道指法则、规律，圜道就是循环法则。

“圜道”一词见于《吕氏春秋·圜道篇》，其中说道：“日夜一周，圜道也。月躔二十八宿，轸与角属，圜道也。精行四时，一上一下，各与遇，圜道也。物动则萌，萌而生，生而长，长而大，大而成，成乃衰，衰乃杀，杀乃藏，圜道也……”

《圣经·旧约全书》传道书第

一节也说道："一代过去，一代又来。地却永远长存。日头出来，日头落下，急归所出之地……已有的事，后必再有。已行的事，后必再行。日光之下并无新事。"

"圜道观"认为宇宙和万物都有自己的运动周期，循环往复，周而复始。一切自然现象、社会现象，人事的发生、发展、壮大、消亡，都在循环运动之中。

圜道，自然之道。日升日落，月圆月缺，春夏秋冬，草木荣枯，生长壮已。"春雨惊春清谷天，夏满芒夏暑相连。秋处露秋寒霜降，冬雪雪冬小大寒。"我们的祖先很早就根据季节的循环设置二十四节气来指导农业生产，春耕、夏耘、秋收、冬藏，近天时、便农事。

圜道，社会之道。"三十年河东，三十年河西。"中国两千多年的朝代更替，均经历了建立、发展、强盛、衰落、灭亡的循环。西方经历了中世纪的黑暗时代，从文艺复兴开始由弱转强，到20世纪初由美国接力并达到了顶峰，进入21世纪后已开始走下坡路，而蛰伏了两百年的中国则伺机崛起。

美国著名经济预测大师Ravi Batra在所著的*The New Golden Age: a Revolution against Political Corruption and Economic Chaos*一书中把政治权力的来源分为四种：军事力量（军人），人类才智（文人），金钱财富（商人），劳工组织（体力劳动者）。他认为，社会发展存在周期，不断在军人时代、文人时代、商人时代、劳工时代之间循环。

枪杆子里面出政权，军人会打天下不见得会治天下，所以只好让文人来帮着治理天下。但文人容易被财富迷惑，很快就被商人包围起来，最后商人们就喧宾夺主。商人唯利是图，会因贪得无厌使国家的财富分配不均，开始产生阶级对立，罢工不止，工会的力量变得异常强大，劳工主宰着社会。但劳工时代社会撕裂，效率低下，社会倒退，只有走上革命一途。这时军人时代又现身了，又开始新的社会循环，人类的社会历史就是在这个圈圈绕着转。美国目前是典型的商人时代，欧洲已进入劳工时代。

圜道，人生之道。“富不过三代，穷不过五服。”穷则思变，人经过奋斗变得富有；富有了又变得骄奢淫逸，不思进取，由富变穷。所谓的“穷者更穷，富者更富”的马太效应只在一定的时间段适用，放在更长远的周期中是不成立的。“生于忧患，死于安乐。”不要一旦赢得桂冠就躺在上面睡觉，走出自己的安乐区，才能永久不败。

“一阴一阳谓之道”，阴阳此消彼长、相互转化。物极必反，盛极而衰，任何事物都摆脱不了周期的循环。“圜道观”使我们眼光更远大。

“春有百花秋有月，夏有凉风冬有雪。若无闲事挂心头，便是人间好时节。”冬天已经到来，春天还会远吗?“圜道观”使我们心胸宽广，保持良好的心境，让我们更快乐。

掌握经济周期，顺势而为，让我们的投资更赚钱。依据衰退、复苏、过热和滞胀的不同的阶段，美林“经济时钟”指导我们什么时候投资债券，什么时候投资股票，什么时候投资大宗商品，什么时候持有现金。

股市永远在熊市和牛市之间循环，“圜道观”要我们做股票时要学习农民伯伯种地：“春播、夏长、秋收、冬藏。”股市中的逆市操作，将会导致一无所获，甚至造成巨大损失。

中国的阴阳五行理论、西方的经济周期理论，都是圜道的具体应用。掌握圜道理论能使我们的眼光更远大，使我们更快乐、更富有、更聪明。

6

如何打破恶性循环

一旦意识到自身处在恶性循环之中，就必须设法解脱出来，因为恶性循环的破坏力是不可想象的。

朋友家鱼缸里养了几只小龟，隔三岔五放进一些活的小鱼喂养它们。开始时几只小龟个头几乎同样大，可几个月下来，小龟们明显地拉开了距离，最大的竟然比最小的大了一倍。

从这些小龟身上，我们明显看到自然界普遍存在的正反馈和负反馈机制。因为资源有限，竞争不可避免。一只小龟多吃一条，其他小龟就必然少吃一条。开始时，或许仅仅是偶然的原因，或者因为竞争者之间素质稍有差距，一只小龟多吃了几条，于是它的身体稍稍强壮了些，就有利于下次的捕食；一只小龟少吃了几条，于是它的身体稍稍弱了些，就不利于下次的捕食。强的小龟就处在正反馈之中：多吃 — 强壮 — 更能多吃 — 更强壮；弱的小乌龟就处在负反馈之中：少吃 — 孱弱 — 吃得更少 — 更孱弱。如此循环，就有了巨大差异。

同样的现象既存在于一巢小鸟之中，也存在于一窝小狗之间，因为它们的妈妈喂食能力是一定的，所以它们必须竞争，结果有的强壮，有的弱小，有的甚至衰弱至死。

自然界存在正反馈和负反馈机制，国家之间、企业之间、社会成员之间也同样存在这两种机制，强者恒强、弱者恒弱在日常生活中随处可见。广而言之，地球不过是一个“大鱼缸”，各国必须借助各自的政治、经济制度和科技实力来竞争。如果一个国家找到了适合本国国情的道路，包括立国思想、治国的系统方法等，这个国家就处于良性循环之中，就会不断发展壮大；反之，就会停滞不前或者衰落下去。

企业之间因为在同一个经济体系内争夺市场份额，也同样存在良性循环和恶性循环。有的公司依据客户需要开发出市场对路的产品并有很好的经营策略，很快就发展壮大；而有的公司做了十几年，还是发展不起来，这与老板的心胸、眼光、经营思路、资源都有关系。

国家如此，企业如此，个人也是如此，同样处于良性循环与恶性循环之中。良好的生活习惯有利于身体健康，坏的生活习惯有害于健康。比如，越肥胖越想吃甜食，越吃甜食越肥胖，身体处于恶性循环之中。另外，好的思路和方法有利于你不断进步，不恰当的方法会使你停滞不前。

一般来说，恶性循环和良性循环的过程不会自动终结，还会有愈演愈烈的倾向，直到累积到极端程度之后，系统本身被改变。如果没有系统外的干预，这样的循环机制是很难摆脱的。就拿三只小龟来说，除非人为地将它们分开喂养，或者给最弱的小龟开小灶，并限制最强的乌龟捕食，否则它们的循环机制不可能自动打破。一旦处在恶性循环的负反馈之中，改变起来就非常困难。要想打破恶性循环机制，就必须从全新的角度来解决，而不是在现有的系统之内设法补救。

无论是国家、企业，还是个人，这就意味着要与时俱进，必须不断为自身充电，要有洗心革面的新思想、新创见，才是解决问题的根本之道。所谓“新”，和过去相比必须有实质性的提升，如果仅仅将过去的一套修修补补，那是徒劳无益的。换句话说，如果缺乏前瞻性思维和远见，不能使每一步都朝着一个正确的目标迈进，而是走一步看一步地逐步改良，那么最终改变命运的机会是微乎其微的。

在一个资源匮乏而充满竞争的世界，如何让每一个人都活得好？这个问题解决起来似乎非常困难，人类要好好活在一起，世界、国家就必须建立起公平的制度和有效的激励机制，这套制度将界定公民的权利和义务，决定社会财富的合理分配，并公正地解决人与人的纷争。而处理好公平与效率这对矛盾，非常考验执政者的智慧和能力。

国家也好，企业也好，个人也好，一旦意识到自身处在恶性循环之中，就必须设法解脱出来，因为恶性循环的破坏力是不可想象的。行为模式即命运，人们往往被自己既定的思想套路所奴役而不知。人既不受外在的奴役，也不受内在的奴役，才可能打破命运。

7

科学、艺术、哲学断想

科学的核心是“真”，艺术的核心是“美”，哲学的核心是“善”。

“露珠”是什么？诗人与科学家发生了激烈的争论。

诗人说：“‘露珠’是星星告别大地时流下的眼泪。”多么浪漫的回答！充满了美感。

科学家说：“你在胡说什么！‘露珠’是靠近地面的水蒸气在夜间遇冷凝结成的小水珠。”回答得千真万确！但淡而无味。

诗人与科学家争执不下，问站在旁边静观的哲学家，哲学家淡然一笑，没有回答。哲学家也许觉得争论没有意义，也许认为两人的回答合起来就是“露珠”的答案。

科学的核心是“真”，科学是人类对世界的事实的认识和应用，“真”有三个层次，规律、本质、联系。艺术的核心是“美”，艺术是人类对世界的感觉的表达和沟通，“美”也有三个层次，愉悦、震撼、惊奇。哲学的核心是“善”，哲学是人类与世界的关系的确立和处理，善也有三个层次，即适合、协调、和谐。

科学、艺术、哲学都是人类企图从零乱的世界中整理出秩序，三者的起点都源于人类的好奇心，在于人类对自然、社会、人生的探索和认识，从而发现真、善、美。艺术偏重于直觉与情感，而科学与哲学则偏重于理性。

通俗来讲，科学是老老实实的学问，科学在于证实。哲学是对司空见惯的各种现象采取一种批判的态度，它是越过狭隘的普通常识从一个更广大、更深邃的角度去考察问题、处理事物的方法。科学之所以具有伟力，也正是因为它具有哲学这种批判的风骨和气质。

亚里士多德曾断言，物体下落时，其快慢程度与其重量成正比。但伽利略比萨斜塔上的著名实验，敲响了直觉思维的丧钟。之后，牛顿建立了以数学方法处理物理学问题的理论典范，也为科学制定了学科规则使其区别于以往的玄思与独断猜想。量子力学的创立更是对直觉观点的一次毁灭性的打击，直觉告诉我们蜡烛或太阳总是发出稳定的光芒，但普朗克发现，辐射能量也是由一个个能量粒子构成的，能量的释放和获得也是不连续的。相对论也是如此，每一项科学的划时代突破，几乎都是和直觉观点和日常感觉经验背道而驰的。

而艺术则来源于人类丰富的想象和情感，真正的诗人，都是用自己的血和泪来写诗的，每句诗都是肺腑之言。所谓艺术气质，其实包括两种全然不同的类型：一种是诗人的气质，往往是忧郁型的；另一种是演员气质，往往是奔放型的。欣赏艺术作品是享受，和艺术家一起生活，或许是苦难。艺术家的爱情大多以不幸而告终，这是他的不幸，而是艺术之大幸。

如果把科学、艺术、哲学看成是人类建造的一座知识金字塔，就像汉字的“鑫”字，那么科学、艺术应该位于金字塔的底部，是“鑫”字下面的两个“金”；而哲学则位于金字塔的顶部，是“鑫”字上面的那个“金”。

科学和艺术的最高境界都具有哲学的味道。现代德国物理学家玻恩钦佩广义相对论是一件“伟大的艺术品”，因为“它是哲学领悟、直觉和数学技巧最惊人的结合”。爱因斯坦这位科学巨匠本人就是一名优秀的小提琴手，他的理论更显露出很深的哲学思想。

诗不是哲学，但是可以含蓄哲理。毫无诗意的哲人未免失之枯燥与严峻；反之，耽于个人经验而不能提升为普遍真理的诗人，也恐怕难成大家。康德“头上的星空和胸中的道德律”充满诗意，朱熹的观书有感充满哲理，朱熹乃哲学家善写诗者。卞之琳的《断章》是耐人寻味的哲理妙品。

当今的文化有庸俗化、“向下看齐”的趋势，诗人的“消亡”

源自于商业取向、民主性格、媒体传播。科学也有可能将人类推向深渊，核武器、生化武器，使人类一步一步接近危险，资源的过度消耗把人类推到了生态毁灭的边缘。人类需要对所处当今世界的根本问题进行彻底的反思与探究，需要新的哲学思想指引，从而实现人类可持续发展。

8

岩石的逻辑和水的逻辑

东方“求同”，具有水的特点，而西方“求异”，具有岩石的特点。

岩石和水是两种不同形态的物质。岩石是固体，它坚硬、棱角分明、固定不变；而水是液体，具有柔和、流动并随时准备改变自己的特性。如果你把一块岩石堆砌到另一块岩石上，你会得到两块岩石，但是如果你把一些水加入另一些水中，你不会得到两份水。

东西方思维方式的差异就像岩石和水，东方“求同”，具有水的特点，而西方“求异”，具有岩石的特点。

西方人主张“一分为二”，喜

欢从个体对立看待事物，思维方式往往是“非此即彼”（yes or no）。游戏规则由优势者主导，物竞天择，适者生存。在西方文化环境下，善于表现的人容易获得成功。

中国人强调“一内涵二”，喜欢从整体和谐看待事物，思维方式往往是“求同存异”（both … and）。有矛盾设法化解，有问题权衡利害，趋吉避凶，寻找合理的平衡点。在东方文化环境下，谦虚者往往容易成功。

岩石思维的优势在于立场坚定，是非分明，在于对真理孜孜不倦的追求。文艺复兴以来，西方秉持“一分为二”的思维方式，大大促进了科技的发展，现代科学对人类世界的影响达到了惊天地泣鬼神的程度。

但“非此即彼”的思维模式也存在明显缺陷。为什么人类在技术领域取得巨大进步的同时，却在处理人类事物方面捉襟见肘？为什么人与人之间的相互冲突依然如故？被誉为“创新思维之父”的爱德华·德·博诺博士在《我对你错》一书中指出，上述问题的根源在于西方传统的岩石思维模式。

德·博诺博士认为，非此即彼的争论自然有其优点，但同时也使考察事物的过程饱受折磨，因为争论变成了一场诉讼，没有人会关注有利于对方的事。“岩石逻辑”这种冲突性的思维模式必然导致僵化和对立，无法适应今天快速变化的世界。而水的逻辑可以弥补岩石逻辑的不足。

水不具备绝对性，而是随着环境和情景的改变而改变，水的形状取决于盛水的容器（环境）。水的逻辑具有调适性而非冲突性，是一种富于想象力和创造力而非千篇一律、模式化的方法，可以使人们走向更有成效、更具建设性的文明。

中国人的思维模式一向偏重于水的逻辑，这使得中国人包容性很强，弹性很大。老子曰:“上善若水。”儒家讲究中庸和谐，佛家讲究中道。中国人的心灵状态，自古以来便十分自由，因此必须讲求伦理，才不至于因过分自由而破坏秩序。

水的思维逻辑也有明显缺点，容易失去原则性，既不赞成也不反对，所谓的“骑墙派”；人际交往中讲究客套，说话含含糊糊，没有意见就是很有意见；也容易随遇而安，办事马马虎虎，或者不思进取。

岩石逻辑和水的逻辑各有利弊，最好的思维方式是二者兼具，求同存异。岩石思维造成冲突双方都认为自己是对的，并且会运用逻辑证明自己是对的。岩石思维最直接的危险在于极端化，从而造成不必要的冲突以及信奉唯一答案、具有排他性的信仰等等，人类有史以来造成的诸多灾难都起源于此。岩石逻辑不具备可以解决问题、找到前进方向的要素。而建立在感知基础上的水的逻辑则认为双方都是对的，只不过各自的结论都是根植于不同的情况、情景和观点。水的逻辑相比于岩石逻辑更具有弹性和创造性。

我们需要岩石逻辑，需要批判性思考；同时，我们也需要水的逻辑，需要创造性思维。只有岩石逻辑，会造成僵化；而仅有水的逻辑，容易是非混淆。岩石逻辑，缺少互动，缺乏应变力，过于死板，比较适应于固定的环境。而水的逻辑，持经达变，灵活多样，在变化的环境中更具优势。我们需要开辟出中间地带，创造出整个感知的变动范围，不同的环境采用不同的策略。

9

动物会犯罪吗

犯罪的本质就是越轨——法律的规矩，道德的规矩。

我喜欢看《动物世界》电视节目，在欣赏动物之美的同时，经常会看到猛兽猎食的残酷画面。有时我会问自己：动物会犯罪吗？

狼群追赶鹿群，残忍地杀死了一只鹿，狼群犯了杀戮罪吗？蛇偷吃禽鸟的蛋，蛇犯了偷窃罪吗？狼捕获了一只羚羊，一头更凶猛的狮子夺了过去，狮子犯了抢劫罪吗？ 羚羊、狼、狮子的行为符合大自然法则，只有当羚羊控告狼，狼再去控告狮子，犯罪才成立。可是它们向谁控告呢？大自然没

有这样的法庭。其实，人把犯罪行为移情到大自然之中是犯了根本性的错误！大自然没有犯罪这一说，狼吃鹿、蛇吃禽蛋遵循食物链这条法则，也是自然的选择，自然界没有善恶，没有犯罪。

地震、台风、泥石流和海啸有时会使数万人伤亡，我们能把“造物主”告上法庭吗？有这样的法庭吗？这是动物不会犯罪的根本理由。

在自然界，既没有善恶之分，也没有褒奖和惩罚之别，更没有犯罪行为和监狱这种怪诞场所，只有食物链的存在。老鹰盘旋在空中，俯冲而下，抓走野兔，理所当然。猫捉老鼠同样是自然现象，恰如日出日落，四季更替，符合天理，无所谓善恶。由此可见，动物不会犯罪，只有人间才有善恶和犯罪。所谓犯罪，无非是人欲同道德和法律发生抵触。犯罪的本质就是越轨——法律的规矩，道德的规矩。

人与动物的本质区别在于：人既要服从自然律，也要服从道德律（即法律），二者缺一不可，也就是老百姓所说的“天地良心”，“天地”即自然律，“良心”即道德律。而动物只服从自然律。

狼、狮子只是在饥饿时捕杀鹿、羚羊——仅仅是满足最基本的食欲，以填饱肚子为满足。而人类的欲望往往超越“天地良心”，为贪欲。贪婪把人与动物区分开来。

一群狮子捕获了一头非洲角马，饱吃一顿就离开了，剩下一些骨头和零星碎肉。一群禽鸟飞来吃狮子剩下的肉，没有一点浪费，这便是大自然的安排。而人浪费食物，则是犯了“天地良心”的道德罪。

人类犯罪永远同贪婪联系在一起。贪婪是人类一切罪的根源。财产占有欲和性占有欲是人类犯罪世界最普遍、最基本的两大件。被“金钱和美女”引诱，坠入犯罪的深渊，是历久弥新的犯罪，21世纪的今天，尽管科技进步，人类已经登月，仍然如此。看来，人阻挡金钱美女的诱惑是多么不容易。

传统犯罪理论解释犯罪的传统原因如贫穷、吃不饱穿不暖、无业等，但不能解释人富裕了的“繁荣犯罪”。贪官、富豪包养情人（往往不止一个）便是饱暖思淫欲的体现。

从前的犯罪比较简单，因为社会生活简单。小时候在农村，偷牛就是大案件。随着科技和经济的发展，互联网的出现，如今经济犯罪、网络犯罪案件激增，而且错综复杂。我国改革开放40年，市场经济快速发展，利用职权贪腐犯罪更是一个新的特点。

柏拉图说过，人人身上都潜伏着邪恶的欲望，人人都有可能犯罪。世界各地的监狱里，罪犯涵盖了各种社会职业的人，从科学家、教授到矿工、渔民和盗墓贼。

人类文明由欲望推动，也毁在欲望手里。是什么构筑了人类牢狱高高的围墙？是一系列无穷尽的欲望。一般来说，人的绝大部分欲望要依赖他人或他物来满足，也就是说人的欲望满足会伤及他人，这就意味着贪欲是犯罪的最大根源。《圣经》将贪婪列为七宗罪（暴食、骄傲、贪婪、懒惰、淫欲、嫉妒、愤怒）之一。佛教把人的所有痛苦都根源于贪（贪婪）、嗔（仇视、怨恨）、痴（对事物真相的错觉）。

孔子的智慧箴言“己所不欲，勿施于人”便一针见血界定了何为犯罪，同时也指出了预防犯罪的最便捷方法。遏制犯罪除法律之外，宗教便是其一，道德教育也是重要一环。

10

由尺蠖效应看债务危机

西方民主制度下，为了选举获得政权，存在一种“尺蠖效应”，即无论是左派或右派，如果要得势都得讨好老百姓。

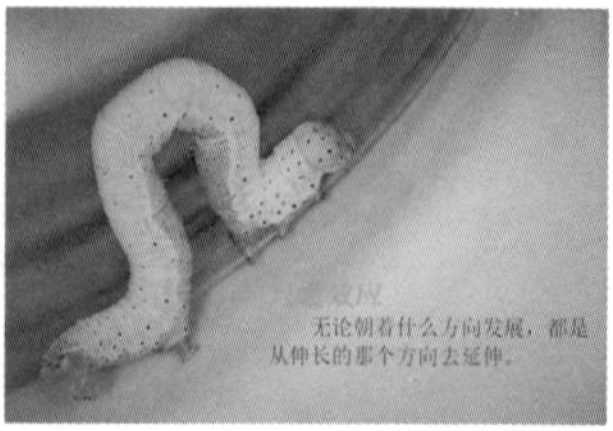

尺蠖（chǐ huò）是一种无脊椎动物，爬行时一屈一伸像个拱桥，俗称“弓腰虫”或“吊死鬼”。当尺蠖向左移动时，先是右边缩短而后左边伸长；当尺蠖向右移动时，先是左边缩短而后右边伸长。

“尺蠖效应”是借用尺蠖这种昆虫的爬行方式比喻出的一种理论，即无论朝着什么方向发展都是从伸长的那个方向去延伸。

欧美债务危机的根源也可以借助“尺蠖效应”来解释。在现存的西方民主制度下，为了选举获得政权，存在一种“尺蠖效应”，即无论是左派或右派，如果要得势都得讨好老百姓。而老百姓对左、右的主张都只喜欢一半，所以左派上台增福利容易，增税难；右派上台减税容易，减福利难。这就导致宪政制度的基本目的“天平效应”（即在财政相对平衡前提下“高税收高福利”与“低税收低福利”之间的轮回）受到破坏。如此往复循环，债务窟窿就难免越来越大，终于导致塌陷的大祸。

美国两大党始终存在驴象之争。共和党属右派，主张“低税收低福利”；民主党属左派，主张“高税收高福利”。多年来，美国以左派争福利、右派争自由的“天平效应”通过政权更迭来维护社会平衡。

在没有全球化局面以前，一国经济中“既要马儿跑又要马儿不吃草”的游戏是玩不了几天的，尽管老百姓喜欢低税收、高福利，虽然老百姓不是圣贤，但也不是撞死南墙不回头的傻瓜，他们感到出了问题就会改变。事实上，西方民主国家历史上民众接受增税与接受减福利的例子都很多。

如今，西方发达国家负债率无限提高，是国际经济一体化，但宪政民主的治理机制却只限于主权国家的结果。因为经济一体化提供了前所未有的国际透支机制，同时又吸纳了许多乐于被透支的国家，尤其是一些需要资金的发展中国家。于是“既要马儿跑又要马儿不吃草”（即“借钱过日子”）的游戏就可以玩得空前久，以至于欧美一些国家的民众失去了纠错的能力，等到债务窟窿捂盖不住而终于塌陷，那纠错成本就太高了。

美国的债务高到难以为继的程度，并不是因为左派或者右派各自的主张本身造成的，而是这两种主张在两派都要讨好老百姓的情况下都“只能实行一半”的结果。而“两派都要讨好老百姓”恰恰又是民主制度的基本特征，所以也可以说，这样的危机实际上就是民主制度的危机。

希腊“入欧”后钻了“货币全欧化而财政国家化”的空子透支欧洲，美国在全球化中利用美元世界货币的地位透支国际市场，欧美的债务危机就是这样成为积弊的。

今天欧洲面临着“逆水行舟，不进则退”的严峻选择，如果不强化欧洲的政治一体化（首先是财政的一体化），货币一体化就很难保住。同样，美国也时刻存在再次出现债务危机的风险。美国利用美元国际货币的地位，靠大量印钞让全球为其债务买单，其实是在透支美国的政府信誉，也在透支美元的信誉。

左派建不起福利国家，右派搞不成公平市场。无论向左还是向右，得利的都是同一些强势者，而吃亏的也是同一些弱势者。这样就使社会矛盾在一放一收的“尺蠖效应”进程中日益发展和积累。

左与右，“自由放任”与“福利国家”的争端永远不会有终结，二者永远是一对矛盾。要解决欧美的债务危机，真正的问题不在于左还是右，而在于能否恢复“天平效应”状态下的正常摆动。

这考验西方政府的魄力与决心，也在考验民主制度的自我纠错能力。如果问题的根源得不到彻底解决，债务将会继续在反向“尺蠖效应”下积累旧弊，即在左派能增福利难增税、右派难减福利易减税的状况下，导致财政越来越失衡，在一放一缩中走向危机，最终“吊死”。

第2章

说东道西

· 一方水土养一方人

· “非此即彼”与“求同存异”

· 和谐文化与竞争文化

· 不同进食方式背后的文化

· “乌鸦嘴”与“喜鹊叫”

· 东西方情人节的不同

· 曲与直：中西方艺术比较

· 拼音文字与象形文字

· 天使的翅膀和神仙的云彩

· 西医是科学，中医是哲学

11

一方水土养一方人

中华文化是内陆文化，西方文化是海洋文化，二者产生的根源在于中国和欧洲不同的地理和生存环境。

世界上不同的文化体系中，最具典型意义、最具有影响力的应该是发源于亚欧大陆两端的中国文化和西方文化。

西方文化源于希伯来、希腊和罗马，历经中世纪基督教的千年熏染，在文艺复兴和宗教改革时期基本定型，到启蒙运动和工业化时代发展成熟。它以人文主义为出发点，以理性和科学为核心，重视个人发展，重视“物我二分”，重视民主法制，具有冒险进取精神、个人奋斗、扩展征服、功利价值和金钱崇拜等特点。

中国文化则源远流长，是世界上唯一几千年发展不间断的文化。它以人伦为出发点，以礼仪为核心，重视人的社会属性和自然属性，强调人际伦理，重视“天人合一”，强调人与大自然和平相处，具有中庸和谐、宽厚容纳、顺乎天然、集体主义、天下大同等特点。

有人说，中华文化是内陆文化，西方文化是海洋文化，不无道理。因为中西方文化产生的根源在于中国和欧洲不同的地理和生存环境。

中国大陆结构完整，广袤多态的地域，华北平原、长江中下游平原连成片，适宜农业的气候土壤，形成了中国以家族为单位的农耕文化，整个家族生活在一起，在一个家庭中长辈最该受尊重，似乎是不言而喻的事情，宗法制导致祖先崇拜。被高山与大海围成的相对封闭的内陆，给中国人带来了相对稳定的生存环境，这使我们的祖先很早就把农业文明发展到一定的高度。

而欧洲，尤其是西欧地理结构破碎，有众多半岛和岛屿，阿尔卑斯山还把欧洲南北分隔开。就拿西方文化源头之一的古希腊来说，几面临海，与其他国家和地区隔海相望。由于这种地理状况，使古希腊海上交通发展很快，水上交通的便利促进了商业文明的发展和人口的迁徙、流动，同时古希腊的城邦制使民主政治应运而生并逐渐发展起来。欧洲人生存环境恶劣，土地贫瘠，为了生存，就必须征服大海，征服自然。这造成了西方文化航海、经商的特点最为突出，同时具有殖民以及海盗的传统。在古希腊和古罗马时代主要是环地中海，以后扩展到大西洋沿岸、环大西洋，16世纪后殖民地几乎遍布全球。

欧洲的地理环境、气候促成的流动性的文化，促使西方人的家庭观念相对淡薄，促使他们的个人主义、自由主义等价值观念发展得非常充分。这种自由主义得力于也有利于商业的发展，这也就是西方商业之所以很发达的原因之一。欧洲地理结构的支离破碎必然导致人口分散、权力分散、多中心，并形成多个中小国家，其航海经商及殖民文化特点突出则易于导致权力及政治结构不稳定。而中国的地理结构完整易于导致人口集中，人口集中又易于导致权力集中，内陆文化易于导致中央集权制高度稳定和长期延续，平原面积大必然会形成大国。

中国相对稳定的内陆环境，形成了以中庸和谐的儒家为主、兼有诸子百家各学派的文化。这种传统文化的特点之一是强调整体的定性思维方式，这与西方文化强调个体局部的实证思维方式大不一样。儒家哲学体系里强调的是修身、齐家、治国、平天下。首先是修身第一位，也就是讲究道德文化；而欧洲不稳定的环境，导致西方的哲学思想的物我二分，就分别形成了中西文化侧重整体思维或个体思维的差异。中国人的行为受“性善论”的“正向思维”的引导，产生的是“礼制”；西方人的行为受“性恶论”的“负向思维”的引导，产生的是“法制”。西方基督教传统浓厚，基督教的势力强大，在中世纪教权和皇权并列，基督教有原罪观念，人生而有罪，要向上帝赎罪才能进入天堂，而中国自古没有这种罪，但不敬祖先和犯上作乱在中国则是罪。这些情况易于导致中国官本位、等级制、重人治而轻法治；而欧洲人格平等的观念比较强，法制与民选政府因此首先在西方诞生和普及。

一方水土养一方人，内陆与海洋，不同的地理和生存环境孕育出了中西方不同的文化。

12

“非此即彼”和“求同存异”

西方人主张“一分为二”，喜欢从个体对立看待事物；中国人强调“一内涵二”，喜欢从整体和谐看待事物。

中国人与西方人，无论从表面还是内心都存在某些不同。就拿名字和邮件地址来说：西方人先名（Given name）后姓（Family name），中国人则先姓后名。发邮件时，中国人先写国名、省名，接着是市、区、街道，然后是门牌号、楼宇号、房间号，最后是收信人的名字；而西方人则恰恰相反，先写收信人名字，然后是房间号、楼宇号、门牌号、区名、市名、省名、国名，整个颠倒过来了。

名字和地址这些表面上小小的

Black&white
黑与白

不同，其实隐藏着中西方思维方式大的不同。中国人重视整体，西方人偏重个人；中国人大处着眼，西方人小处着手。西方人看问题往往是由近到远，中国人则由远到近。

东西方思维方式的一个显著差别是，东方讲究求同原则，而西方更强调求异原则。这种差异也会表现在日常生活中。如果大家留心可以发现，中国人喜欢的东西一般具有大、同、新的特点，而西方则倾向于小、异、奇的东西。西方人主张“一分为二”，喜欢从个体对立看待事物，思维方式往往是“非此即彼”（yes or no），游戏规则由优势者主导，物竞天择，适者生存。中国人强调“一内涵二”，喜欢从整体和谐看待事物，思维方式往往是“求同存异”（Both ... and）。有矛盾设法化解，有问题权衡利害，趋吉避凶，寻找合理的平衡点。

西方人生性好战，喜欢竞争，而中国人气质平和，随遇而安；西方人重视人际交往的直率，中国人讲究人际交往的客套；西方人办事倾向彻底，中国人办事喜欢妥协。西方人是非分明，语言表达往往立场鲜明；而中国人语言表达常常含糊，“不一定”“随便”“看看再说”成了某些中国人的口头禅。

中国人太灵活，西方人太死板。中国人持经达变，在变化的环境中处于优势；而西方人是非分明，在稳定的环境中处于强势。

中国人把自己的内心当成一面镜子，要认识世界是什么样子，就要到自己的内心里面去寻找，觉得我可以把握世界，因为世界的本质就在我心里面，“吾心即宇宙，宇宙即吾心”。但是，把自己当成镜子，你是看不见镜子的。所以圣人一旦把自己的内心擦得干干净净了，明亮如镜了，就没有了自我意识。他虽然也讲我，已不是小我了，而是大我，大我即宇宙，大我已经不是我了。中国人这面镜子的毛病是缺乏自我意识，容易自我满足，深陷其中。

西方人把自然、把对象当做一面镜子，在镜子里面照映出自我。要认识自我，必须到客观世界里面去追求。但是，去自然界追求的自我，毕竟是自我感觉，它不是客观世界本身的样子，因为这个客观世界永远不可知。西方人这面镜子也是有问题的，它的致命之处在于它始终不能够把握世界本身。

中国人的思维模式中往往有直观成分，从整体出发，一眼就把握住了某种事物的本质性特点，一语中的。而西方人的思维模式中理智的成分较强，往往从现实出发，如果没有被实证，没有一整套的推理过程，他们往往是不承认、不认可某种结论的。

西方文明的显著优点是向外探索的科学的精神，而东方文明的突出优点是向人类内心求索的沉思精神；中国哲学企图用定性语言（哲学概念）去刻画、囊括天地万物的变化；而西方自然科学则用定量的数学语言去描述、把握宇宙万事万物的函数关系。

西方人内心向外追求，力求证实，但证实不得，于是陷入烦恼。中国人向内心寻求，随遇而安，最后得到的是一种自我满足感。

西方精密的自然科学和东方充满神秘色彩的哲学同样让我着迷。我觉得，中国人和西方人各有所长，又各有所短。中国人应该从西方人那里学习人类发展不可缺少的科学、民主和竞争精神，而西方人应该从中国人这里学习人类可持续发展所必需的“天人合一”的整体观和善于沉思以及社会“和谐”的人文精神。

13

和谐文化与竞争文化

人类要想“可持续发展”，应该跨越中西方，科学地将和谐和竞争有机结合发展成为一种“和谐竞争世界新文化”。

谈及中西方文化的差异，我提出“和谐文化”和“竞争文化”的概念，中国文化偏重于和谐，西方文化偏重于竞争。下面就二者产生的根源、文明成果、危机与前景谈谈我的看法，最后提出一种跨越东西方的“和谐竞争世界新文化”。

思维方式的不同，最终决定了中西方文化的差异。中国“和谐文化”的思想根源在于“天人合一”和“整体论”的思维模式，而西方“竞争文化”则源于“物我二分”和“原子论”（“机械论”）的思想。

发源于西方的主流科学总是把复杂的事物分解为基本组成单元来研究，即以“还原论”和“机械论”为基础；而以中医为代表的中国传统科学则是把复杂的事物看成整体来研究，以“整体论”为基础。二者都以实践为检验理论的标准，前者是公理化的研究方法，后者则是实用化的研究方法；前者多使用推理，后者多使用归纳。

“和谐文化”适应了以家庭为单位的农业时代的发展，从而使中国在几千年的农业文明中的大部分时间里都领先世界，曾孕育出包括四大发明在内的众多发明创造，惠及全世界。但近代中国在工业时代落伍了，传统观念的束缚，狂妄自大的心态，重文轻理，重农抑商，闭关锁国，错失了工业革命的发展机会，导致中国落后挨打。中国传统文化的危机是“发展问题”，“三纲五常”、官本位，忠孝、驯顺的集体主义，压制“个性”“中庸”之道等容易使中国人随遇而安，缺少竞争精神，这种文化显然与“工业化社会”的要求不相适应。工业社会强调市场交换、竞争、利润取向、法治等，这些都是中国传统文化缺乏的。改革开放，引进市场机制和法制，为中国经济发展带来了活力。

文艺复兴后，“竞争文化”使西方在社会经济、文化方面一下子井喷式发展起来。当今世界上几乎所有文明成果都是西方这个时期的直接产物。文艺复兴激发了人对自然研究的兴趣，从而发展出科学，西方在天文、地理、物理、化学、生物各学科上发展迅速；宗教改革使欧洲人从中世纪的黑暗中解放出来，对个性的认识，使他们在政治、法律、经济以及社会的各方面都有了充分发展。资本主义制度把人的“自利本性”和欲望发挥得淋漓尽致，最充分的竞争被激发起来，从而极大地适应和刺激了物质、社会的发展。

如今西方文明主宰世界，市场机制把社会生产力提高到了空前的水平，世界人民无不蒙受其利。但工业革命之后的人类发展模式，特别是生产消费模式已走进死胡同，如果世界按照目前这个滚雪球的方式发展，将会出现不可持续的发展。西方现代文化的危机是“持续性问题”，这种模式的危机有三：一是虽然推动了经济发展和社会进步，但却过度地消耗资源，破坏了生态平衡和生存环境；二是虽然使一些地方富裕和发达起来，却在更多的地方造成贫困和落后；三是虽然满足了部分人的近期需求，但总体上却牺牲了人类长远的发展利益。

无论是中国传统文化，还是现代西方文化都存在一些问题，中国传统文化的危机是“发展问题”，西方现代文化的危机是“持续性”问题。人类要想“可持续发展”，应该跨越中西方，科学地将和谐和竞争有机结合发展成为一种“和谐竞争世界新文化”。

“还原论”思维“只见树木，不见森林”，具有明显的缺陷。爱因斯坦的“相对论”触动了“还原论”的基础，物质和能量与时空是一个不可分割的整体，必须作为一个整体来研究，一旦割裂就会产生严重失真。而整体和谐的思想、有机论的思想、相反相成的思想是中国传统科学思想的重要组成部分，中国传统哲学有着良好的起点。

“天人合一”观念可以避免“主客二分”和“还原论”给现代化所带来的种种弊病，而“德先生”和“赛先生”（民主和科学）可以弥补中国传统文化之不足。如果将“天人合一”观念用于科学，建立一种高于现代科学的“天人合一的科学观”，不失为一种明智的选择。

14

不同进食方式背后的文化

不同的进食方式背后蕴含着不同的文化。

世界上的进食方式主要有三种：筷子、刀叉和手指。用筷子进食的人主要分布于东亚大部分地区，如中国、日本、朝鲜、韩国、越南、新加坡等国；用刀叉进食的人主要分布于欧洲和北美洲，而用手指抓食的人多是在印度次大陆、中东、非洲等地区。

不同的进食方式背后蕴含着不同的文化。手指文化圈最大，大约占世界人口总数的40%，筷子文化圈与刀叉文化圈大约各占30%。饮食文化的差异和文化上的差异是一致的。

卢茂村在《筷子古今谈》(《农业考古》2004年第一期)提到，1924年2月，中法大学董事会在法国里昂召开，中方董事长邀请法方董事长——巴黎大学教授欧乐吃中国菜。欧乐见席上放的筷子和汤勺，便对蔡元培说:“你们中国人用筷子不用刀叉，不方便吧?”蔡元培笑着回答:“早在三千多年前，我们的祖先也用刀叉，不过总觉得刀叉是杀人的武器，使用它吃饭不太文雅，所以从商朝时期就改用‘匕’割肉，用‘箸’夹菜。后来烹饪改进，筷子可以夹肉,‘匕’不再用于席上。”

古希腊和罗马进食是用手抓饭，即使到了最强盛的罗马时期，贵族们时尚的吃法也是躺在床上，用手取食物吃。在很多欧美历史影视剧中，我们可以看到当时人们是不用刀叉的。刀叉主要与欧美进食肉食为主有关，从前欧洲主要以畜牧业为主，面包之类是副食。至于刀叉是怎么通过游牧民族传到西方的，西方是什么时候开始使用刀叉的，目前还没有翔实的史料和考古发现。

人们普遍认为，大约15世纪前后，为了改进进餐的姿势，欧洲人才使用了双尖的叉。因为用刀把食物送进口里不雅观，改用叉叉住肉块，送进嘴里显得优雅些。刀叉需要并用，二者缺一不可。直到17世纪末，英国上流社会开始使用三尖的叉，到18世纪才有了四个叉尖的叉子，所以西方人刀叉并用只不过四五百年的历史。刀叉是西方工业文明、理性精神最直接的反映。

阿拉伯–伊斯兰文化与印度文化圈的人大都用手指进食，属于山地沙漠文化，用印度诗人泰戈尔的话说是亲证自然派，对自然必须有切身感受，直接用身体的一部分去接触自然，才能感到亲切。泰戈尔在《人生的亲证》中详细论证人之为人，应该如何去亲证神、亲证自己的生命，最后达到“生如夏花之绚烂，死如秋叶之静美”。波斯人与印度人同属雅利安族，具有共同的文化渊源，阿拉伯人继承了印度人的传统。伊斯兰教接受了辩证思维，亲证安拉之道。宗教是内心的体悟和皈依，无法用外在体系——逻辑体系去证明。

抓食是一种生活方式，也是一种文化，印度人认为人的手比外在之物干净。印度人用手抓食有很多讲究：用右手绝不能用左手，他们认为右手洁净，饭前必净手，抓饭时四指并拢。像奶、粥之类的流食，他们用手竟也能像用勺子一样吃得一点不剩，令人惊叹！

不同的进食方式背后蕴含着不同的文化。蔡德贵教授写过一本书《筷子、手指和刀叉》，书中认为：刀叉文化圈是分析（逻辑）思维，重视科学精神，是分割自然派，一般是把实体加以分割，然后分门别类地认识外界事物，往往是非善即恶，处于绝对二分的思维。刀叉文化圈重视个体，宣扬自由、民主、法制，是契约社会。

手指文化圈是辩证思维，重视宗教精神，是亲证自然派，信仰理性突出，重视种姓家族，是家族社会。筷子文化圈是综合思维，重视人文精神，是合一自然派，表现出热爱自然、热爱社会、热爱生命的系统思维，兼顾天时、地利、人和，提倡中庸之道，重视人际关系，重视群体，德治和价值理性突出。

科学精神主导人去求真，会告诉人们“是什么”；人文精神主导人去求美，会告诉人们“如何作为”；宗教精神主导人去求善，会告诉人们“如何超越”。科学精神、人文精神、宗教精神的统一才是人类的最高理想境界，就像进食，有的食物用筷子方便，有的食物用刀叉方便，有的食物用手拿着吃方便，只有灵活运用，随机应变，才能得心应手。

15

“乌鸦嘴”与“喜鹊叫”

西方媒体以负面报道为主，可以称为“乌鸦嘴”；而中国媒体以正面报道为主，可以称作“喜鹊叫”。

乌鸦和喜鹊是两种常见的鸟，它们形态相似，同属一科，但给人的印象却截然不同。乌鸦全身黑色，长相丑陋，其“啊啊”的叫声，给人一种凄凉、悲伤之感；而喜鹊的羽毛黑白分明，尾巴较长，长得喜兴，其“喳喳”的叫声节奏感很强，悦耳动听。人们通常认为，“喜鹊叫”是“报喜”，而“乌鸦叫”是“报忧”。喜鹊“喳喳喳喳”的叫声寓意“喜事到家”。而乌鸦凄凉的叫声象征着霉运，很不吉利。

联想到中西方媒体，西方媒体

以负面报道为主，强调“反常”和“冲突”，热衷于揭露阴暗面，以“报忧”为主，可以称为“乌鸦嘴”；而中国媒体以正面报道为主，注重积极、和谐，着力于反映光明面，以“报喜”为主，可以称作“喜鹊叫”。但无论是“乌鸦嘴”还是“喜鹊叫”都存在一定的问题。

在西方，“狗咬人不是新闻，人咬狗才是新闻”流传了一个多世纪，至今魅力犹存，说的就是新闻中的“反常”性。一个事件负面因素越多，它构成新闻的可能性就越大，就越是西方媒体报道的对象。

在负面报道中，“冲突”是另一个重要特征。具有“冲突”性的新闻题材在西方都被认为是新闻价值极高的东西，西方媒体报道最多的往往是战争、犯罪、劫持、谋杀、强奸一类，还有暴乱、政变、法院判决、游行示威、竞选、逃税以及官员的腐化堕落等等。西方新闻媒体具有相对独立性和商业性质，具有娱乐性和盈利目的，强调卖点。在政治上往往站在与当局相反的一面来挑剔批评当局的政策，以使公众瞩目，引起轰动，起到警醒作用。1998 年对美国总统克林顿性丑闻的报道万众瞩目，最先刊登丑闻的《华盛顿邮报》发行量直线上升。

改革开放以前，中国的新闻报道几乎是清一色的正面报道，“歌功颂德”和“英雄主义”通常是报道最多的题材。一些程式化的会议报道，往往是“隆重召开”“团结的大会”“胜利的大会”。还有对英雄人物无限拔高的典型报道，通常是强化优点、弱化缺点，恨不能把周围所有人的优点都加到一个人身上，使得原本鲜活的人物和事例变得干巴和虚假。

改革开放以来，中国的新闻报道发生了重大变化，负面报道在媒体中的独特作用逐渐被人们认识，各大媒体开始出现类似《焦点访谈》的栏目，以揭露社会的丑陋现象。积极向上的正面报道固然可以净化社会，而以暴露和批评为特色的负面报道也能剔除社会糟粕。揭露社会弊病，不仅能让始作俑者原形毕露，得到应有的惩罚，促进问题的解决，还可以避免类似事件的再次发生。从这个角度讲，负面报道对于促进改革、社会和谐绝对具有积极的作用。

另外，在网络时代，各种真真假假的信息泛滥成灾。如果主流媒体不能发挥自己的功能，第一时间还原事件真相，不仅会让民众失去信任感，更因为无法得到真实的信息而造成种种猜疑，导致谣言满天飞，造成民众的恐慌。反之，则会让谣言不攻自破，缓解民众的不安情绪，有利于维护社会的稳定。

过去很长一段时间里，中国媒体给人的印象基本上是“报喜不报忧”，怕负面新闻多了会影响社会的安定，但从新闻传播学角度来看，单一的正面报道不仅会让人产生审美疲劳，同时也会对媒体产生不信任感，认为媒体没有客观反映现实生活，久而久之，会使受众产生逆反心理。

只谈阴暗面的“乌鸦嘴”，会让人们在恐怖中整日惶恐不安。而只歌功颂德的“喜鹊叫”，不仅会让新闻失真，还会影响社会的进步。

我们的媒体既需要“喜鹊叫”，也需要“乌鸦嘴”。以正面报道为主，可以鼓舞士气、激发人们积极向上。但同时，也不能忽视媒体的舆论监督作用，揭露丑恶现象，让社会的不正之风没有立足之地，负面报道也会产生积极的作用。

16 东西方情人节的不同

两情若是久长时，又岂在朝朝暮暮？

—— 秦观《鹊桥仙》

小时候住平房，每年夏天的夜晚，家人都会躺在房顶上乘凉。微风徐徐，星空灿烂，令人遐想。遥望着天上浩瀚的银河，听奶奶讲那牛郎织女的故事……

很久，很久以前，有一个诚实善良的男子名叫牛郎。父母去世时，他还是一个孩子，狠心的嫂子把他赶出了家。他独自一人，放牛为生。有一天，天上的仙女织女爱上了他，下凡到人间偷偷地和他结了婚。“你耕田来我织布，我挑水来你浇园……”牛郎织女过着幸福而甜蜜的生活，并生有一双儿女。但好景不长，织女的行为被天庭发现，并触怒了王母，于是王母下令将织女捉回，牛郎披上牛皮带上子女追赶其后。王母娘娘情急之下用头上的金钗在牛郎面前划出一条银河，从此夫妻二人只能隔河相望，以泪洗面。牛郎织女的忠贞爱情感动了喜鹊，成千上万只喜鹊首尾相接搭成一座桥梁，让牛郎和织女相见。王母娘娘最终也被感动，决定让他们二人在每年的七月初七相见……这个浪漫而凄美的爱情传说，诞生于我国西周时期，随着时间的推移，每年的农历七月初七逐渐变成了“七夕节”。牛郎织女的爱情故事在唐宋时期就广为流传，甚至唐明皇、杨贵妃也要在七夕幽会，发出“七月七日长生殿，夜半无人私语时。在天愿作比翼鸟，在地愿为连理枝”的誓言。千百年来，牛郎织女的故事在我国口口相传，可谓家喻户晓，还传到了朝鲜、越南、日本等国家。因此，“七夕节”可以称为“东方情人节”。

改革开放以来，随着东西方文化交流的不断深入，西方的情人节、圣诞节，随着媒体的炒作和商家的推波助澜，逐渐被年轻人所青睐。每年2月14日的“西方情人节”被称为Valentine's Day（圣·瓦伦丁节），是为了纪念一位叫作瓦伦丁的基督教殉难者。

据说公元3世纪时，古罗马的暴君下令禁止结婚，甚至不允许谈情说爱，并且强迫年轻男子入伍。瓦伦丁冒着被处死的危险替爱侣们秘密主持婚礼。后来瓦伦丁被抓进了地牢，直至被折磨致死。后人为了纪念他的英勇行为，奉他为情侣的守护神，并将他的殉难日2月14日定为“圣·瓦伦丁节”，经过多年的流传，逐渐变成今天所说的西方情人节。

东方情人节是人与神仙斗争的产物，其实反抗的是封建制度对婚姻的摧残。东方人的浪漫是含蓄的，富有想象力的。长期的封建压制，我国古人的婚恋父母指定，难以反抗。人们只好通过神话，来表达对自由恋爱与婚姻的追求。

西方的情人节是反抗残暴的封建君王压制人民自由婚恋的产物，是人民为了争取人身自由和爱情所不断斗争的结果。西方情人节里虽然带有血腥和残酷的味道，却畅想了恋人们为真情爱意所演奏的不朽的乐章。西方情人节是以瓦伦丁殉难而成就了许多渴望爱情的年轻男女为结局，最终使有情人终成眷属。而传统的“七夕节”是以牛郎织女被天河相隔、每年只能相见一次为结局，有情人天各一方。但二者都反映了人类对爱情和婚姻自由的追求。

小时候听奶奶讲，七夕夜在瓜果架下可以偷听到牛郎织女在天上相会时的脉脉情话。试想，一年一度的相会，会有多少相思要倾诉？会有多少柔情要缠绵？不久前还悄无声息的“七夕节”，如今正越来越受到年轻人的关注，这是中国传统文化的回归，也是民族自信心的体现。在西方情人节被炒得如火如荼的今天，中国人完全可以用自己的方式和心爱的人共度一个浪漫的东方情人节。新时代应该赋予“七夕节”新的内容与特色，西方以玫瑰花、巧克力等代表情人节浪漫的“爱”意，东方情人节完全可以用自己的民俗服饰、花卉、传统食品来代表节日的浪漫特色，围绕“情”字上做文章……

东方情人节比西方情人节更富有浪漫色彩，更富有想象力，我们可以把“七夕节”过得更有诗意，借助七夕来歌颂人类亘古不变的婚姻与爱情。就像宋朝大诗人秦观《鹊桥仙》中所咏：“两情若是久长时，又岂在朝朝暮暮？”

17

曲与直：中西方艺术比较

中国和西方在绘画、音乐、建筑、园林、戏剧、诗歌等方面都存在巨大的差异，最大的不同应该是写意与写实、含蓄与直露、曲线与直线之别。

欧洲的山和城堡，怎么看都像一幅油画，厚重、精细、气势磅礴；中国江南的水和亭阁，怎么看都像一幅水墨画，飘逸、潇洒、似梦似幻。

中国和西方在绘画、音乐、建筑、园林、戏剧、诗歌等方面都存在巨大的差异，我觉得最大的不同应该是写意与写实、含蓄与直露、曲线与直线之别。

西方的油画强调空间体积和光影色彩，讲究透视法、解剖学，讲究立体感，重写实，像真的一样，可以走进去，突出的是理性精神。中国水墨画注重线条，主张“以形写神”，重写意，追求超然物外的自由心境。顾恺之画人物“三年不点睛”，人的全部神态全在人的眼睛之中。“曹衣出水，吴带当风”说的是曹仲达画的衣服就像刚从水里出来的一样流畅，吴道子画的飘带就像风在吹动一样飘逸。

西方的绘画有雕塑化的倾向，刻画的人物形象，有些像古希腊雕塑，默不作声，但内心感觉很震撼。中国画有音乐化的倾向，线条、工笔像音乐一样连贯，婉转悠扬，泼墨相当于音乐里的锣鼓来渲染气氛。画上配上题诗、印章点缀，像音乐里的伴奏。

欣赏中国画要以一种欣赏音乐的心情去看，你才能品出其中的味道。在欣赏中国画的时候，就如同身临其境，你从一点游到另一点，没有统一的焦点。不能用西方那种照相式的方法来欣赏。

西方古典音乐以深刻严肃见长，突出主客对立，体现出来的是一种艺术精神的“壮美”；而中国传统音乐以旷达悠深见长，突出“情”和“景”的交融，主客统一，体现出来的是一种“和合”精神的“幽美”。

一曲《高山流水》，旋律古朴、典雅、深沉，节奏平稳、舒展，音调缠绵、委婉，体现出阴柔美。一曲《命运交响曲》，节奏明快、急促，音域宽广，曲调明朗、刚健，气魄宏大，体现出阳刚美。

西方音乐像建筑，结构精致，华丽精巧，欣赏西方音乐要从建筑的眼光去欣赏，所谓“音乐是流动的建筑”，西方建筑多采用石材结构，教堂、皇宫、神殿，强调永恒。西方建筑多拱形，对称，规矩。西方哥特式建筑，垂直指向天穹，给人心灵的震撼，有超越尘世之感。中国古代建筑通常是砖木结构，皇宫、庙宇、民居，讲究的都是与自然的和谐。采光透气，过道回廊，大屋顶的翼然凌空、飘然欲飞的轻盈感，细部的精心处理表现出生动的态势。

中国园林虚实相生的意境让人流连忘返，其布局极富匠心，大中见小，小中见大，虚中有实，实中有虚，或藏或露，或浅或深，具有无限的自然山水之趣。西方的园林则是一览无遗，中间是人工湖，两边是树林，再穿插大片的草坪。人工痕迹明显，人工湖、草坪和树林无不整整齐齐。

欣赏西方的园林只要待在那里就行，最佳角度只有一个，那就是中轴线。而欣赏中国的园林一定要动，人跟景走，景随步移。进门一座假山，假山前面有一个小喷泉，这是小高潮。绕过假山是回廊，回廊的目的是限制你的视线，为下面的豁然开朗作铺垫用，七拐八拐之后，再绕过一个假山突然豁然开朗，最后后门还有一个小庭院是收尾……

中国人思维方式里经常有意会性，而西方人思维方式则比较直观。中国人的文章或在生活中喜欢用暗示，或喻古论今。这种含蓄需要你去意会，所谓“此处无声胜有声”。这与西方人直接表露的表达方式完全不同，西方人看《梁山伯与祝英台》一定感到奇怪。西方的戏剧通常具有悲剧精神，而中国戏剧的结局总是皆大欢喜。

《荷马史诗》是希腊人的百科全书，欣赏史诗如同欣赏一个雕塑的画廊，那些人物就像一个个雕塑，在史诗里面表现出来。中国没有史诗，史与诗是分离的，诗言志,《诗经》是道德情感的教科书。中国的抒情诗具有音乐性，五言、七言绝句寥寥几十字，表达的意境却非常深刻。王昌龄《诗格》说诗有三境：一曰物境，二曰情境，三曰意境。

18

拼音文字与象形文字

文字的差异是中国人擅长形象思维而西方人擅长逻辑思维的根源之一。

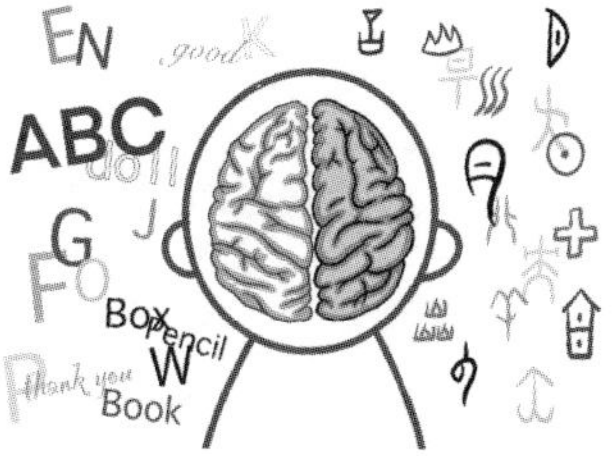

目前，世界上大多数国家使用的都是拼音文字，许多象形文字如埃及的圣书体、巴比伦的钉头文字等等早已夭折，唯有汉字直到今天仍然是被广泛使用的象形文字。但是，你是否了解汉字差点也被取消？鸦片战争后，中国遭受西方列强侵略欺凌，许多人认为中国衰弱源于科学不发达，而科学落后和教育不普及的原因是汉语不严密、不好学。

五四运动以后，钱玄同、赵元任等人倡议采用罗马字母取代汉字书写国语，这就是所谓的“国语罗马字运动”。汉字拼音化的改革主张后来集中地反映在1931年9月海参崴“第一次中国新文字代表大会”通过的决议《中国新文字十三原则》中，大会确定的汉字改革方针是：“根本废除象形文字，以纯粹的拼音文字来代替它。并反对用象形文字的笔画来拼音或注音，如日本的假名、高丽的拼音、中国的注音字母等等改良方法。”像1929年的“废止中医案”事件一样，我觉得“废除汉字”也是当时国人对中国文化极其不自信的表现。事实上，汉字特有的表意功能能使读者一目十行亦可知道文章大意，从而节省阅读时间。而当你看一个英语单词时绝不可能一目了然，学英语时，你得积累1万个单词左右，才能真正无大障碍地阅读英文原版书报。但是汉字不需要记住1万字，记住三四千汉字就可以读书看报了。汉字占用的空间小，据统计，同一内容的书，中文版比英文版要薄三分之一以上。所以某些学者抱怨汉语难学，试图通过拼音化来改造汉语的想法，看来是站不住脚的。

西方印欧语系确实是一种非常精细的语文，学过英语的人都知道，英语有性、数、格，有主语、宾语、状语 、定语这一连串的东西。字母文字完全割断了与形象的直接联系，它频繁地、广泛地刺激人的大脑，就逐渐地形成了西方人擅长逻辑思维或概念思维的特点。这种思维方式便于将客观世界对象化，有助于为科学推理能力的建立打下基础，我觉得这也许是西方产生出现代科学的原因之一。

汉语的语法形态比较隐晦，在1898年马建中的《马氏文通》出版之前，中国数千年来可以说没有一本语法书，马建中的语法是拿了拉丁语法来套汉语语法的。可能有人会问：中国人没有语法是怎么交流思想的呢？汉语自身当然有语法规律，但由于汉语的直接表意功能非常强大，它就无须强调语法功能。单从它的文字来看，其图像特点强，写一个门就像一个门；写一个山，就像一座山。不用借助语法系统，你直接就可以一下明白它要表达的含意。而西方印欧语系语文缺乏这个直接表意功能，所以需要一个庞大的语法系统来加以界定。

与西方印欧语系相比，中国的语言文字的确不严密，但这绝不是废除汉字的理由。大家知道，中国古代技术非常发达，曾孕育出包括四大发明在内的几百项重大技术发明。科技史专家李约瑟（Joseph Needham）曾感到奇怪：中国古代没有科学理论，而技术发明却很多。我觉得，中国古代众多的技术发明源于中国人的形象思维能力强，因为技术性的东西往往实践性强，与现实生活紧密联系，需要丰富的想象力。

汉字的直接表意功能潜移默化地暗示中国人不断地跟现实相结合，汉字的具象性使中国人从整体角度看问题，从而发明出一些非常实用的东西；而对于抽象的纯粹符号类的理论思考，因为与现实生活有距离，容易被忽略，由此导致中国人技术超前，理论滞后。方块汉字不仅表音，而且还能表形、表意，它使中国人长于形象思维。这种思维方式便于将主体和客体统一起来。而拼音文字完全割断了与形象的直接联系，它使西方人擅长逻辑思维。文字的差异应该是中国人“天人合一”和西方人“主客二分”哲学形成的根源之一。

中国人的形象思维能力较强，在特别需要形象思维的领域，例如诗词、绘画以及技术方面非常强；西方人擅长逻辑思维，在特别需要逻辑思维的领域如科学等方面，势必非常发达。如今，通过一系列的汉语改革，现代汉语已经兼有了语法思维和语象思维两种磨炼思维的能力。语法思维和语象思维使人左右脑并用，有利于人脑潜力的开发。

19

天使的翅膀和神仙的云彩

西方神话中的天使都生着一对翅膀，何等地威严；而中国的神仙脚踩一片云，何等地飘逸。

西方神话中的天使无一不生着一对翅膀，半人半兽，何等地威严；中国的神仙脚踩一片云、身披一根带而飞，何等地飘逸、潇洒、浪漫！

神和上帝真的存在吗？人从哪里来？又到哪里去？是否存在灵魂？是否存在天堂与地狱？从十来岁时有死亡意识开始，这些问题就一直困扰着我，促使我不断思考并阅读大量宗教方面的书籍，对儒、道、佛、印度教、基督教、伊斯兰教都有了一定的了解。

宗教的产生应该源于人类对死亡的恐惧以及对灵魂的思考。中国殷商时代就有祭祀鬼神的活动，古希腊哲学家毕达哥拉斯曾提出灵魂不死的概念。对于鬼神的信仰，中国人通常半信半疑，孔子说“未知生，焉知死”“敬鬼神而远之”，王充则认为“人死如灯灭”。基督教认为人死亡时要受到上帝的审判，不是进入天堂就是进入地狱。中国最初只有天上与地上之分，阴间的观念是从佛教来的，十八层地狱的观念已扎根于部分中国寻常百姓的世界观里。

在迄今为止的人类历史中，出现过各种各样的神。按其有无位格而言，则可找到两种极端的类型，即源于欧亚大陆西边的犹太／基督教的唯一位格神与源于欧亚大陆东边的中华文化的非位格神。在这两者之间，有各种混合的类型，比如印度和波斯的类型等。利玛窦等传教士曾将基督教的神比附为中国的“天”，译“God”为“天主”或“上帝”，以求尽量减少这两种神性观之间的区别。但深入了解之后，可以看出西方的耶和华与中国的“天”之间的巨大差异远胜过其相似之处。

犹太教和基督教的上帝是唯一位格神，具有唯一性和排他性。犹太教认为犹太人是上帝唯一的选民，而耶稣则宣扬说上帝会宽恕所有悔罪的人。罗马皇帝尼禄曾反对基督教，把基督信徒赶到斗兽场让野兽吃掉，而信徒毫无畏惧，一点不反抗，从而感化了众人，392年基督教成为罗马的国教。黑暗的中世纪，基督教曾是欧洲人的一切。

近代西方，宗教改革已经把上帝从彼岸归于人心，新教徒在生活中修道，体现在完成上帝的使命上，接近上帝，不一定到来世。康德认为上帝并不是另外世界的一个什么神，而是我们内心的一种寄托，一种假设。尼采更加激进，宣称“上帝死了”，人的追求应该是“超人”。

“天”的神性并非人格实体，也就没有必要像耶和华那样去断定和维护自己的唯一性、普遍性、创造者的身份以及与人类的定约。中国人几千年来认“天”为终极存在，认世界为“天下”，认人的本性为“天良”，认明君为“天子”，认万物的本源和真理为“天道”等等。

中国古人认为，人生存于天地之间，就要“参天地之化育”，遵循天道。不论是讲“发而皆中节”的中庸之道的儒家，还是讲“乘天地之正，而御六气之辩，以游无穷”的道家，还是反对坐禅，主张“内外不在，去来自由，能除执心，通达无碍”的禅宗，都是这种天道观的体现者。

与西方唯一神宗教相比，中国宗教更具有包容性，儒、道、佛、回、基督等多种宗教共存。儒教其实是道德实践，关注点是建立良好的社会秩序，“修身、齐家、治国、平天下”，严格来说不能算是一种宗教。道教则兼收并蓄，有人格化、多神论的特点，72位全神有些是虚构的人格神如玉皇大帝，有些是历史人物如关公，还把佛教的如来、观音等众多人物都囊入道教神位之中。道教的核心是神仙观，追求长生不老，成为中国最为广泛的民间信仰。

中西方宗教的差异在于“天人合一”与“灵肉分离”。中国宗教对现实生活的热爱，具有人本尺度；西方宗教表现出对一个超越的彼岸的向往，期盼外来的力量来拯救自己，以神为价值尺度；而中国宗教，以自我拯救为目标，神不是宗教的核心。西方的神在人之上，灵魂在肉体之上。神创造了一切，把自然和人类的关系看成是水平的，人可以征服自然，到了现代，成为破坏自然的因素。中国的“天”是自然的一部分，自然本身比什么都伟大，人是自然的一部分，人类要顺应自然法则，“天人合一”的观念可以给人类带来可持续发展。

20

西医是科学，中医是哲学

中医与西医是不同哲学观下的医学，西医秉持的是还原论，中医坚持的是整体论。

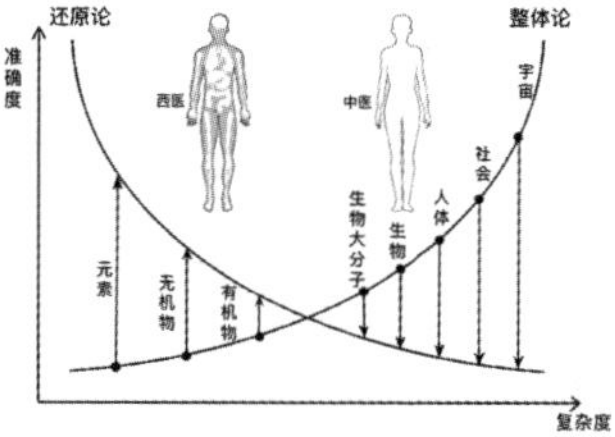

中医曾因“愚昧落后、不具有科学精神”于1929年被民国政府废止过，这到底是怎么回事？晚清时期，西医大规模输入中国，并逐渐占据主导地位。在五四新思潮的冲击下，知识界批评中医愚昧落后之声日渐高涨。在西医界看来，中医不具有科学精神，日本留过学的西医余岩（字云岫）借势发难。1929年2月，民国政府卫生部召开第一届中央卫生委员会会议，余岩、褚民谊等人提出四项“废止中医”相关议案，并获得了通过。之后，中医界并武汉叶开泰药号等共同发起请愿活动，获得全国中医界支持，并最终获得政府认可并取缔了余岩的议案。这个事件史称“废止中医案”事件。

中医与现代科学确实不对口，比如中医以“气”立论，现代科学里怎么也找不出“气”这种物质。关于经络与针灸，现代科学至今没有满意的理论解释。经络得不到解剖学上的证实，人们尽管可以不相信理论，但很难怀疑针灸的疗效和经得起重复的事实。

新中国成立以来，做了大量中西医结合课题，试图用现代科学改进中医学，如用仪器诊病、研制中成药等，除了中成药制造以外，似乎没有太多进展。中西医结合最大的科研工程是以现代科学找中药成分，但是，用现代科学找中药成分就像瞎子摸象，中药的化学成分并不能代表中药的作用。现代科学验证不了中药的温热凉寒，中药的入脏、入经、气味、辛散、收涩这些特性现代科学更是无解。

有人说“西医是科学，中医是哲学”，这不无道理，中医与西医是不同哲学观下的医学。西医秉持的是还原论和机械论，中医坚持的是整体论；西医是实验医学，中医是经验医学。中医至今和哲学不分家，而西医已经与科学为伍。

西医把人看成一个机器，由大量零件组成的精密机器，把每一个病症看成局部和微观的。西医运用“开箱法”（也称“白箱法”），将人体一层层打开，由解剖到组织、细胞、染色体、基因，通过透视、化验、检测，找到病灶、病菌、癌细胞……

然后杀菌、摘除肿瘤等。西医符合自然科学的研究方法，随着科学的发展，医生对疾病的检测、判断有了飞跃式的发展，从X光到B超、激光、伽马刀、CT、核磁……化学药物研制方面也是不断推陈出新。

中医是运用“黑箱法”，将各种不同刺激所得的种种反应加以综合推理，得到系统化的概念，是系统学研究方式。中医把人看成一个完整的系统，是一个始终处于相对平衡状态的有机生命体。这个生命体本身有自我防御、自我修复功能。中医的主要工作，就是调节人体阴阳平衡，激发生命体的潜能，发挥人体自身力量来治疗疾病。

中医理论总结于生命整体动态之中，西医理论则源自人体解剖、细胞实验。西医只承认解剖学看得见、摸得着的人体器官、组织，强调细菌、病毒致病，而中医则强调七情、六邪、外感内伤致病。西医由于其起点远离了直接的生命体验，导致其认识论与方法论的机械主义倾向。西医的不足之处在于它看不到人体内非物质层面上的东西即情志致病。科学方法最擅长解决的问题，是单一因素问题。一旦疾病不属于单一现象或过程，西医的弱点就暴露无遗。

“相对论”触动了还原论和机械论的基础，爱因斯坦说过：“当一个复杂现象中，起作用的因子数目太大时，科学方法在多数情况下就无能为力了。”当代西医正遇到挑战，这一挑战的严重性，不仅仅由于致病因素多，更由于相关因素多数不是外部的自然因素，而是人类社会和人自身的心理因素。这方面就显示了中医的优势，中医一直重视社会和心理致病因素，还有比较可靠的调整心理状态的药物。

中医理论虽然与自然科学不相容，但与系统科学密切相关，相信随着系统科学的发展，中医在未来也会有大的发展。钱学森曾经说过:“西医处于幼年时期，再有四五百年才能进入系统论，再发展四五百年才能发展到中医的整体论。”

第3章

人生在于选择

21

人生在于选择

人往往是靠勇气而非分数领先他人，只要你有勇气并愿意去冒险，那么生命就会变得非常激动人心。

时光荏苒，转眼间50岁有余。还好，50载岁月没有虚度，最令我欣慰的是，35岁时能够认真思考并重新规划自己的人生，经过15年的努力，50岁时实现了财务自由，开始步入自己真正想要过的生活——读书、思考、写作、分享。如果要问50岁人生有什么感悟？要对年轻人说点什么？我觉得有如下七点。

（1）观念决定命运。大学期间，我很不自信，我来自一个小地方，入学成绩也没有同学们好，感觉处处不如人。30年过去了，之所以比大多数同学做得好，我觉得全在于自己不断认识自我，克服自卑心理，改变观念的结果。

人并不是命运的囚徒，而是自己思想的囚徒。我们的生肖、八字、星座还有出生的环境等在出生时就已经定了，但是许多人却运用这些无法改变的事情去预测未来，这是人生道路上最大的盲点和障碍。“我不行”“我就这样了”…… 你必须拔除心中这类消极的东西。一个人对自己的看法决定自己的未来，改变观念，命运就会改变。

（2）人往往是靠勇气而非分数领先他人。生命中最大的浪费是害怕，少一些恐惧，多一些勇气，就会多一分成就。人往往是靠勇气而非分数领先他人，只要你有勇气并愿意去冒险，那么生命就会变得非常激动人心，勇敢的行为能锻炼人的性格并抓住很多机会。

（3）人生在于选择。我很庆幸自己35岁时重新思考人生，并选择自己将来想要过的生活。人有选择的自由，人生在于选择。你必须为你的选择和自己的生活负责，因为这个世界的运转方式，你喜欢不喜欢都是一样。你需要了解自己情感能量的源泉：你想要的到底是什么？什么最能激励你？什么使你感到沮丧或疲劳？如果你按自己的真实意图设计自己的生活，你会发现你的生活是多么不同。

（4）人生回报行动。有了梦想与目标，如果你不采取任何行动，你的境况是不会自动改变的，人生回报行动。想清楚自己想要什么，选择你所喜欢的事业，然后一步一步去实施。不要惧怕错误和失败，生命的过程就是展示你能力的过程。错误总是会发生的，你越早尝试，就越早犯错误，就越早进步，也就越早成功。

（5）慢下来做事情更富效率。为了事业，我也曾三更睡五更起，甚至熬过通宵，但结果并不理想。在人们的印象中，好像整天忙忙碌碌、加班加点才能取得成绩，事实恰好相反。有效率的人的行为看起来往往是不慌不忙的。大自然的智慧在于毫不费力的轻松之中，在完全轻松愉快的心情下，你会显得镇静和自信，你也觉得自己更沉着，你会变得聪明，灵感就会出现，办事效率会更高。我们每时每刻都应心平气和，洒脱大度，以出世的态度对待入世的事业，它是科学发明、文艺创作、经商创业之大法。

（6）坚持比拼命更重要。爱尔维修说过："天才不在于其他，而在于持续的专注。"任何值得奋斗的事都需要长期的努力和坚持，"水滴石穿"，坚持是关键。

"贵有恒，何必三更睡，五更起；最无益，只怕一日曝，十日寒。"毛泽东求学时以此联自勉，整联的主旨在强调一个"恒"字。既反对不顾身体健康的苦熬苦学，又反对一曝十寒的忽热忽冷。

（7）走出自己的安乐区，才能永久不败。首先经过努力变得富足，然后就变得懒惰，接着就开始衰弱，最后导致灭亡。国家、企业和个人都是如此，没有太大区别。

历史上一个又一个国家衰亡，成了懒惰的牺牲品。罗马人勤奋地工作，建立起了一个富足的社会，但是在征服了世界之后，他们变得软弱和懒惰，罗马在尼禄的统治下一年要庆祝176个法定假日，差不多每两天就是一个闲暇时间，所以完蛋了。不要一旦赢得桂冠就躺在上面睡觉，走出自己的安乐区，才能永久不败。

22

诗与远方

“生活不只是眼前的苟且，还有诗和远方。”

人从出生第一天开始，便进入了生命的倒计时状态，生命在一分一秒缩短。上苍是公平的，它赋予所有人的时间都是一样的，但有的人将它好好地利用了，有的人则将它给浪费了。

心理学家的研究表明：许多人一辈子也没有发挥出其真正潜能的千分之一，即使是创造了辉煌成就的巨人，像爱因斯坦，在他的一生中，利用自己大脑的潜能也不到百分之十。

如今，社会体制已经不再压抑

个人能量的发挥了，而真正压抑个人能量发挥的却是自己的观念。束缚我们自身的不是别人，而是自己。

智力、体力、环境条件差不太多的人，经过多年之后为什么差异会如此之大？其根本原因取决于每个人对自己潜能的开发程度。

哈佛大学曾对一群智力、学历、环境等客观条件都差不多的年轻人，做过一个长达25年的跟踪调查，调查内容为目标对人生的影响，结果发现：百分之二十七的人，没有目标；百分之六十的人，目标模糊；百分之十的人，有清晰但比较短期的目标；百分之三的人，制定清晰的长期目标并把目标写下来。

25年后，这些调查对象的生活状况如下：

百分之三的制定清晰的长期目标并把目标写下来的人，25年来似乎都不曾更改过自己的人生目标，并为实现目标做着不懈的努力。25年后，他们几乎都成了社会各界顶尖的成功人士，他们中不乏白手创业者、行业领袖、社会精英等。

百分之十的有清晰短期目标者，大都生活在社会的中上层。他们的共同特征是：那些短期目标不断得以实现，生活水平稳步上升，成为各行各业不可或缺的专业人士，如医生、律师、工程师、高级主管等。

百分之六十的目标模糊的人，几乎都生活在社会的中下层面，能安稳地工作与生活，但都没有什么特别的成绩。

余下百分之二十七的没有目标的人，几乎都生活在社会的最底层，生活状况很不如意，经常处于失业状态，靠社会救济，并且时常抱怨他人、抱怨社会、抱怨世界。

数据表明，目标对一个人的一生影响如此巨大。如此看来，没有什么不能没有梦想，没有什么不能没有人生目标。

对许多人来说，人生犹如一个漫无目标的漫步，当他把生命的黄金撒落时，他自己并不在意。少年的梦想可能被别人惊醒了，青年的追求可能被现实冲破了，由此变得得过且过。著名音乐人高晓松说过："生活不只是眼前的苟且，还有诗和远方。"

所谓"苟且"，也许就是你的现实生活。也许你的日子正一成不变，重复着、乏味着；也许你正面临生存压力，烦恼着、认命着；也许你正遇到困难，马虎着、敷衍着；也许你正只顾眼前，得过着、且过着；也许你正不满现状，挣扎着、努力着……

当你感觉生活过得平淡无味，不要苟且；当生活给你带来一系列的打击，不要悲伤。不要被眼前的一切蒙蔽了双眼，去做自己认为有意义的事情吧，你的爱好，你的小小的梦想，试着向美好踏出一步，这就是"诗和远方"。

诗就是你心灵的最远处，诗是一颗热爱生活、热爱生命的心。而远方则是你内心一直没有到达过的那片净土和向往，它是你心中的梦想。梦想孕育着无穷的能量，梦想引领你去激发自己的潜能，引领你一步一步努力奋斗，实现自己的目标。

天空，因为星星而美丽；人生，因为梦想而充满意义。任何人不可能一生一帆风顺，生活总是让人遍体鳞伤，但只有勇敢地面对，脚踏实地，坚持不懈，才能成功。

著名小说家米兰·昆德拉说过："我们的每一步都决定着最后的结局，我们的脚正在走向我们自己选定的终点。"如果你脚踏实地地投入到自己的梦想之中，就可以迅速调整自己，昂首挺胸，去创造奇迹。

23
彩虹之上

人并不是命运的囚徒，而是自己思想的囚徒。

彩虹之上，很高的地方
有一个传说中的乐园
那里的天格外的蓝
在那里，人们的一切梦想都能实现
……

在那彩虹之上的蓝天上，青鸟悠然飞翔
青鸟飞翔在彩虹之上
那么，我为何不能？
……

上大学时就喜欢《彩虹之上》

（*Over the Rainbow*）这首英文歌曲。多年来，这首歌一直使我怀揣梦想，不断前行。

赤、橙、黄、绿、青、蓝、紫，美丽的彩虹就像我们儿时的七彩梦丰富多彩。七色光由红、绿、蓝三原色混合而成，由此我联想到，人生的七彩梦想应该由成功、健康、幸福来编织。人生就像一个（三足）鼎，靠成功、健康、幸福三只脚来支撑。任何一只脚折断，人生就是不圆满的。钱再多、权力再大、名声再响，如果没有了健康，一切都将化为乌有；同样，事业很成功，而活得不幸福，人生也是缺憾的。

如何实现成功、健康、幸福的人生呢？记得中学时做过一个光学试验：红、绿、蓝三色光汇聚产生白光，具有阳光般的明亮。由此我联想到，成功、健康、幸福的实现需要从心出发，只要心是光明的，人生就是精彩的。

成功需要从心出发。成功始于梦想，有志者，事竟成。我们必须先从“心”着手，然后“身”才跟着改变。一切的一切都源于内心，内心的渴望才是成功的关键。

健康的身体也需要从心出发，病由心生，健康始于心理平衡，你只要做到心平气和，就掌握了健康的金钥匙。

幸福始于积极的心态，生活就像一面镜子，你朝它微笑，它也朝你微笑。只要我们拥有一种积极的人生观，幸福并不遥远。

万事始于思，巨变始于心。人的境遇、心情、健康都是自己思维方式、习惯和行为的结果。积极的思想，带来积极的结果；消极的思想，招致消极的结果。

罗斯福说过:“人并不是命运的囚徒，而是自己思想的囚徒。”我们的生肖、八字、星座，还有我们出生的环境在我们出生时就已经定了，但是，许多人运用这些无法改变的事情去预测未来，这是人生道路上最大盲点和障碍。

“命”是自然冥运，为天理，非人力所制。在“命”的面前，人只有无可奈何，仰天长叹。而“运”是“人力”，人的主观能动作用,“运”掌握在自己手中。命运好像是一枚硬币，命和运便是硬币的两个面，缺一不可。谋事在人，成事在天。

人最大的敌人是自己，无论环境如何，你的一生真正需要斗争和征服的是你自己。创造力全在于人的内心，人的心智构成了人与人之间的唯一差异。如果你毫不犹豫地投入到自己的梦想之中，就可以迅速调整自己，昂首挺胸，以积极的心态，去创造奇迹。

每个人都守着一扇自内而外开启的“改变之门”，除了自己，没有人能为你开门，只要你愿意敞开心灵，抛弃旧有的思维，由内而外开启改变之门，从心出发，将思想转化为行动，成功、健康、幸福就在掌握之中。

24

成功与幸福的杠杆原理

抓住少数关键的活动，就可以给你带来更大成功和幸福。更少就是更多！

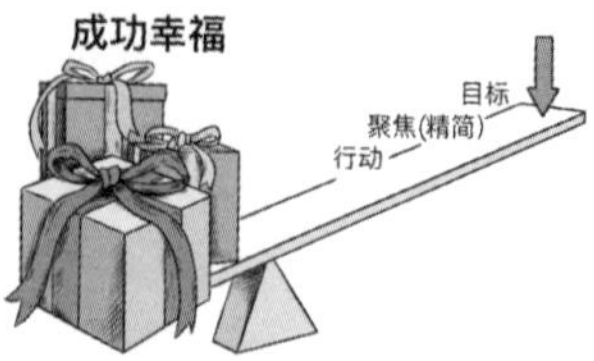

“给我一个支点，我能够撬动地球。”这是阿基米德发现杠杆原理之后发出的感慨。当我第一次读到这句话时，着实兴奋了一阵子。多年来，杠杆原理使我受益无穷。

广义来讲，杠杆可以看作“工具”，人类能成为地球的主宰就在于运用“工具”。七尺之躯，体能有限，而摩天大楼拔地而起，宇宙飞船飞向太空……都是人类运用大脑、使用“工具”、应用“杠杆原理”的体现。

杠杆原理的启示在于“四两拨

千斤”（Doing more with less.）。

为什么有的人拼命工作而收获却很少？我觉得主要是没有运用好杠杆原理。牛顿曾说过：“如果说我比别人看得更远些，那是因为我站在巨人的肩膀上。”据我多年的体会，最大限度地利用杠杆效能，关键在于在工作和生活中明确自己的目标，借鉴他人的经验，借助他人的力量，借用他人的资金等等。

借鉴他人的经验——OPE（Other Person's Experience）。首先是向优秀人物学习。善于借鉴他人的经验，站在巨人的肩上思考问题，你就会省力，你就会有更高的效率。

另外，读书是最廉价的投资！一本有价值的书是作者数十年的工作经验的总结。从书中学到前人的智慧，可以节约工作时间，避免绕更大的圈子。

借助他人的力量——OPL（Other Person's Labor）。人各有所长，又各有其短。专心去做自己擅长的事情，不重要的事情授权他人去做或者“外包”，是提高工作效率的根本之道，也是事业成功的妙法。

借用他人的资金——OPM（Other Person's Money）。大到国家经济建设，中到创业、企业扩大生产、企业并购，小到个人住房贷款、股票投资，金融杠杆都在发挥着重要的作用。都是在运用杠杆原理，借用他人的资金来成就自己的事业。

现代人的物质生活越来越丰富，为什么幸福感却没有随之增强？我觉得也是没用运用好杠杆原理，没有规划好自己的生活。

很少人花时间去探讨自己的幸福，对此的思考也不够。人们花太多的时间与不喜欢的人相处，从事自己并不喜欢的事业，做自己并不擅长的工作……无意义的事情占据了人们大部分空闲时间。

那么，如何应用好杠杆原理使自己变得成功和幸福？我总结出以下步骤供参考：确定目标—聚焦（精简）—授权（“外包”）—成功与幸福。

确定目标。弄清楚你想要的到底是什么？不必苦苦追求所有机会。

确定自己的大目标：你所从事的事业应该是你所喜欢的，而且能发挥你的优势，能够使你脱颖而出，有机会成为佼佼者。

聚焦（精简）。有所为，有所不为。在一项小范围的事业上追求专精，培养一种核心技能，不必事事都有好的表现。

要把自己的时间和精力花在提升大目标的事情上，花在发挥自己潜能的事情上，花在运用自己创造力的事情上，花在能够使自己快乐的事情上。

授权（“外包”）。找出与大目标不相关的事情，除了你的核心技能自己做以外，其他事全部授权他人去做或者“外包”，只做自己擅长的事。

忙碌的人常犯的错误就是事必躬亲，自己亲自处理可以授权他人或者可以“外包”的事情，并且把非紧急的事情变得紧急起来，从而证明工作的价值。

成功与幸福。学会拒绝，清除杂念，排除干扰。无意义和使你不快乐的事情就少做，有助于你成功与幸福的事情就多做。

抓住少数关键的活动，就可以给你带来更大成功和幸福。更少就是更多！这就是我所理解的事业成功与生活幸福的杠杆原理。

25

心有多宽，事业就有多大

事由人做，容人等于容事，容得下多少人，就能做多少事。心胸宽广之人，吃得了亏，受得了辱，赢了人心，成就了事业。

我在《企业百论：从创业到基业长青》一书中写过一篇短文叫《宰相肚里能撑船》，寓意是："心有多宽，事业就有多大。"

人们常用"宰相肚里能撑船"来形容一个人虚怀若谷、胸襟坦荡、以大局为重的气度和美德。历史上，但凡能够成就一番事业的英雄人物，都具有超人的远见和博大的胸襟。

唐太宗李世民夺取政权之后，不计前嫌，重用政敌魏征，并视为明镜。魏征得遇明主，尽力辅佐，成就了李世民的“贞观之治”。

法国大诗人雨果有个著名诗句:“世界上最宽阔的是海洋，比海洋更宽阔的是天空，比天空更宽阔的是人的胸怀。”人只有具备宽广的胸怀，才会像大海那样海纳百川，成就大事。

事由人做，容人等于容事，容得下多少人，就能做多少事。心胸宽广之人，吃得了亏，受得了辱，赢了人心，成就了事业。

计较于眼前，失去的是更宽的天地。没有海一样的胸怀，哪有海一样的事业。心有多宽，事业就有多大。大至国家，小至企业，都是如此。

领导者只有胸怀宽广，目光远大，才能高瞻远瞩，为企业探明方向，带领员工奔向目的地。如果领导者心胸狭窄，目光短浅，整天纠缠于日常琐事，发现下属一点与自己不一致的地方，就不能容忍，被细枝末节所困扰，其结果必然会忘记战略目标，无益于成就大事业。

人才是企业发展的关键。心胸宽广的人能够任用人才，而心胸狭窄的人嫉妒英才。心胸宽广的人往往没有私心，能够站在大局考虑，因材施用。心胸宽广的人能够容纳和任用比自己才干更高的人，有了人才，企业就能蓬勃发展。

心胸宽广之人，从对人的态度而言，往往是信任和支持，而信任和支持是人才发挥才干的前提条件。信任不仅给企业带来高效率，还可以降低运营成本，而猜疑只会增加沟通成本，降低工作效率。

作为领导者，要有宽广的胸襟，既能听得进相同的意见，更能容纳不同甚至反对的意见，这样才有利于作出正确的决策。只有接受他人的建议和批评，宽容他人的过失，才有凝聚力和号召力。另外，领导者还要学会反省自己，在不足和失误面前敢于承认错误。

创新是企业发展的源泉，任何创新都存在风险，都会出现错误甚至失败。企业要想发展壮大，领导者要能够容忍错误，建立起宽容的创新文化。宽容文化就是容错文化，创新需要专注，而专注则意味着不拘小节，不把精力浪费在不重要的地方。

人不可能完美无缺，如果求全责备，那么越是有才能的人就越不受重用；如果拘泥于细枝末节和所谓的标准框框，那么才能就无法最大施展。

最难得的是将心比心，每个人都会有过失，人非圣贤孰能无过。最可怕的是下属犯了小的错误而被全盘否定，这样做的结果往往造成下属不敢做事，员工的主动性和创造性受到打击。

作为领导者，应有宽广的胸怀，能够宽忍下属的缺点和过失。即使下属做了对不起你的事，也不要太过计较，得饶人处且饶人，忘掉不愉快的事，多想想他人的好处，才能团结、帮助更多的下属，这样才能赢得下属信任。

做大事要有容人之量，这样才会有人与你共事，为你效劳，你的事业才能不断发展壮大。想要做大事，就要不拘小节，忍人所不能忍，为人所不敢为。容人之过，方能得人之心。既往不咎的人，才能甩掉沉重包袱，大踏步前进。

为什么一些人到了一定位置就上不去了，就是因为度量小，唯我独尊，不能容纳一些优秀人才。因此，对一个人来讲，心有多宽，事业就有多大。

26

成功三要素

真正有所成就的人，都是在某个领域里投入极长时间去经营，并专精于其中之人。

人们大都认为，成功指的是财富、名誉、权力。而我却觉得，成功是指事先树立的、有意义的目标被循序渐进地变为现实的过程。成功是逐步实现有价值的理想，得到你想要的结果。简单来说，成功就是心想事成。

我在《心想事成：如何成为成功、健康、幸福的人》一书中总结出了成功的三要素：志、识、恒。

“志”指志向，也就是大家所说的理想，有志者，事竟成。一切成就源于梦想，梦想孕育着无穷的能量，梦想引领我们去激发自己的潜能。

先想清楚自己想要什么，树立目标并努力去做。如果你不知道自己到底想要什么，那你永远也不会拥有它。

所有的成功，都是通过把意念恒久地集中于自己的目标而实现的。目标使我们产生积极性，目标使我们看清使命，目标有助于我们安排轻重缓急，目标引领我们一步一步努力奋斗，实现自我。

“识”指胆识、学识，这是成功的必要条件。心再高再大，如果缺少行动的助跑，它怎么也飞不起来。有了梦想，如果你不采取任何行动，你的境况是不会自动改变的。一切的梦想都必须经过行动的浇灌，才能生根、发芽、拔节、开花、结果。

成功是要付出代价的，说得干脆一点，成功的桂冠并不是为懦夫准备的。冒险吗？的确是这样。仅有好的文凭或好的分数是远远不够的，在现实生活中，人们往往是靠勇气而不是靠聪明去领先于他人的。成功只属于那些有足够勇气和激情、一扫疑虑、恐惧而勇往直前的人。这意味着要放弃安逸，走出自己的舒适区。

不断学习与自己大目标相关的知识与技能，不断尝试。培养一种核心技能，在一项小范围的事业上追求专、精，而且这个事业可以使你脱颖而出，有机会成为佼佼者。

在你不断学习、放手尝试，主动参与、勇敢去做、勇于冒险的时候，成功就会不期而至。每天超越自己一点点。你会发现，在前行的每一步中你收获的经验，学到的观念，习得的技能，还有增长的自信，这些东西都将帮助你达到你的最终目标。

“恒”指的是恒心，即人们熟知的持之以恒，坚持不懈。无论你做什么，如果这件事情值得做的话，那么必定不会轻松。错误和失败在所难免。好的骑手都曾经有从马背上摔下来的经历，这是学骑马过程中必要的部分，未从马背上摔下就永远成不了好骑手。

不管你选择哪个领域，都会面临竞争的压力。在奋斗的过程中，遭受困境、质疑、痛苦是很正常的事情。

真正有所成就的人，都是在某个领域里投入极长时间去经营，并专精于其中之人。因为就长远来说，投入越久会变得越有经验，会因精通而成为专家，并在全盘了解工作系统后，创造出一套可以大量复制的精简方式来让工作变得得心应手。

爱尔维修说过：“天才不在于其他，而在于持续的专注。”任何值得奋斗的事都需要长期努力和坚持，水滴石穿，坚持是关键。

林肯终其一生都在不断地面临挫败，他曾经历两次经商失败，8次竞选失败，但他永不放弃，最终成为美国历史上最伟大的总统之一。

失败确实会让人沮丧和绝望，但要学会拥抱失败，应该把失败视为通往成功的踏脚石，失败是成功之母。

成功和失败只是一步之遥。黎明前总有最深的黑暗，你需要的仅仅是在那些黑暗的日子里能坚持下来，不要放弃。坚持不懈的决心和永不言弃的态度将把你带到一个少数人才有机会体验的地方。

总之，要想成功，志、识、恒三要素缺一不可。

27

高效能人士的7个习惯

人是习惯性的动物，只要你能把良好的原则化为习惯，成功圆满就在掌握之中，进而就可达到全面关照生命的境界。

史蒂芬·柯维潜心研究美国建国以来讨论成功因素的文献，总结出成功人士必备的7个习惯：积极主动；以终为始；要事第一；双赢思维；知彼解己；统合综效；不断更新。7个习惯告诉人们走向成功必备的信念：如重新探索自我，培养从依赖、独立到互赖的人际关系；人与人之间应该彼此尊重，换位思考。事业的成功只算成功了一半，唯有兼顾事业、家庭、人际关系、个人成长等方面的和谐，才是真正的成功。

2000年，我参加了公司组织的《高效能人士的7个习惯》内训课程。当培训到第二个习惯“以终为始”时，老师要求每个人自我反省，写下自己的使命宣言。当时，史蒂芬·柯维的一句话触动了我的灵魂：“当你离开这个世界，别人为你开追悼会时，你希望得到怎样的评价？”我开始思考自己的人生，在培训课上写下了自己的使命宣言：（1）我相信“平衡”是宇宙间的普遍原则，我要努力使自己的生活过得丰富多彩，创造一个遵循宇宙法则的和谐世界，保持事业、家庭、健康之间的平衡及内心的平和，做一个值得信赖、正直、宽容的人。（2）深入了解自己，发掘自己的潜力，对未知世界充满好奇，正视问题，迎接挑战，通过服务社会使自己获得成功，同时自身得到不断完善和提高。（3）我要在自己的后半生帮助他人寻找生命的意义，并依照自己的原则和价值观对他人产生积极的影响，帮助更多的人、更多的组织获得成功。为此，我为自己制定了ABC（Adhesives胶黏剂专业—Business管理与投资—Consultants咨询与写作）三步走的人生规划。《高效能人士的7个习惯》对我人生的影响太大了，我愿结合自己的理解把7个习惯的内涵分享给大家，希望对大家有所裨益。

习惯1：积极主动。许多人的生活都是消极的、被动的，他们经常会说“我不行，我就这样了”，“我没办法……”。一个人必须变得积极主动才能成就一番事业，一个积极主动的人会逾越环境的束缚，会通过最佳的选择来实现自我价值。

习惯2：以终为始。万事始于思，你必须明确你的人生目标，决定你的价值体系，它会影响你的一生。你可以从书写使命宣言、价值体系或人生目标的形式中提取出你的原则来，并以此来照耀你的人生航程。

习惯3：要事第一。这一条属于时间管理，要求我们分清事情的轻重缓急，不要眉毛胡子一把抓。你要学会拒绝，从一些无聊的应酬中脱身。人最最重要的是自律，要学会自我安排。

习惯4：双赢思维。自以为是是人际关系的大敌，你要学会双赢思维："我们何不继续交流，直到我们找到一个双方都感到满意的解决方案?"几乎每次人们都会说："好的。"

习惯5：知彼解己。首先要倾听，许多人做的恰恰相反，他们总希望首先被理解，然后再理解他人，他们不是在讲话就是在准备讲话，交流时一定要养成先倾听后表达的习惯。

习惯6：统合综效。统合综效意味着求同存异，想出新的、更好的方法，更好的解决方案。

习惯7：不断更新。这是一个自我完善的习惯，一旦你做得正确，做得彻底，做得有规律性，其他六个习惯就会自动地得到发扬。

可以看出，前3个习惯是关于个人自身的，它可以大幅度提高你的自信，由依赖达到个人独立；后3个习惯是关于公众关系的，可以帮你重建以往恶化甚至断绝了的人际关系，原本不错的交情则更加巩固，达到由独立到互赖。第7个习惯可以加强前六个习惯，时时为你充电，达到真正的成功。

人是习惯性的动物，俗话说“本性难移”。然而只要你愿意敞开心灵，抛弃旧有的思维，采取行动，坏习惯一定可以改变。只要你能把良好的原则化为习惯，成功圆满就在掌握之中，进而就可达到全面关照生命的境界。

28

成功的关键在于扬长避短

之所以人比人气死人，就是因为以己之短，比人之长。“让兔子去跑，别让猪唱歌”，成功的关键是扬长避短。

过去，我们曾经被灌输“干一行，爱一行”的理念，不管干得艰苦，还是干得艰难。“只要下决心，付出辛劳，你就什么工作都能做好”的说法不仅十分极端，而且十分误导。实际上，成功的关键在于发挥自身的优势，正确的理念应该是“爱一行，干一行”。

盖洛普（Gallup）公司研究了成千上万的成功案例，发现成功者尽管路径各异，却有一定之规，那就是扬长避短。在外部条件给定的前提下，能否成功，关键在于能否准确识别并全力发挥你的天生优势。之所以人比人气死人，就是因为以己之短，比人之长。有句俗语“让兔子去跑，别让猪唱歌”，说的就是扬长避短。

每个人都应该好好研究自己的优势，做自己喜欢的工作，这样就可以既成功又轻松，否则就会活得很累。比如，有的人喜欢单打独斗，喜欢钻研，适合做艺术家、工程师等；有的人喜欢按照规则完成被赋予的任务，适合做企业职员、公务员等；有的人拥有良好的交际能力和谈判技巧，则适合做记者、政治家等。

何为优势？用大白话说，就是你天生能做一件事，不费劲，却比其他一万人做得好。如果理念些，就是“做一件事的持续的、近乎完美的表现”。当你依靠自己的才能去生活时，你就是在自动地做自己擅长的事情。天赋生来就有，无须后天习得。多花点时间独处，思考你想要的到底是什么？什么事情是你最擅长的？什么带给你最大的快乐？不断尝试，你会发现自己的优势。

盖洛普公司认为优势由天赋（talents）、技能（skills）和知识（knowledge）组成。其核心为天赋。天赋常常被描述为:“一种特殊的天生能力或悟性（aptitude）。”盖洛普将天赋定义为“个人所展现的自发而持久的并能产生效益的思维、感觉和行为模式”。

要发挥自身优势，首先认可自己的天赋。也就是说，你应接受你自己。其次，天赋并不等于优势，天赋是种子，优势是结果。要达到“持续的、近乎完美的表现”，你不仅必须识别和接受自身天赋，而且要配以必要的技能和知识，并寻找需要你所具天赋的岗位，持续地使用它。如果你坚持下去，就有望成功，有望成就辉煌的人生。

辉煌人生的三大原则：（1）若想使某件事成为你的优势，你就必须能始终如一地做好它。而且你必须从做这件事中得到某种油然的满足。唯有在你反复地、愉快地和成功地做一件事时，你的能力才算得上优势。（2）你为了把某件事做得出类拔萃，并不需要具备方方面面的优势。许多能工巧匠很少样样精通，他们靠的是一招鲜。（3）你的成功之道在于最大限度地发挥优势，而不是克服弱点。那么，如何控制自己的弱点呢？优势互补可以说是一种好方法。

无论你决心做什么，只要你能适当安排自身工作，使你的才干在大部分时间里得到充分发挥，你就会取得最大的成功。个人的成功如此，组织的成功也是如此。企业的成功关键就在于识别和发挥每位员工的优势。传统智慧鼓励人们不遗余力地去纠错补缺，以求完美。优势理论反对铁杵去磨针，认为如果把人看错和用错，再关心和培养也无济于事。领导要做的头等大事，是在准确识别员工优势的基础上，把员工派往适合其优势的岗位，进而帮助员工充分发挥优势。

优势理论的核心是关于人的两大信条：（1）每个人的才干都经久不变。（2）每个人最大的成长空间在于其最强的优势领域。

鉴于每个人的才干经久不变，你应该首先花大量时间和经费把人选对。鉴于每个人最大的成长空间在于其最强的优势领域，你应该把培训的时间和经费用于帮助他了解自身优势和探索强化这些优势的途径，而不是出于补救的目的去力图填补他的技能鸿沟。你应该设法帮助每个人拓展事业，而未必沿着公司阶梯提拔他，致使他脱离其优势领域。

29

成功演讲的秘诀

要做好演讲，你所知道的内容至少是你要讲的10倍，你必须是这方面的专家。

当今社会，无论你在什么单位和部门工作，无论你是作工作汇报，还是作产品介绍，都需要具备一定的演讲能力。下面我结合自己多年的体会，介绍一些演讲技巧。

（1）成功的演讲从自身开始

成功的演讲从自身开始，你首先必须弄清楚你的听众是谁？你为什么要做这次演讲？你想通过演讲说明什么？演讲要用多长时间？并预先想好听众可能提出的问题和如何回答。我觉得，要做好演讲，你所知道的内容至少是你要讲的10倍，你必须是这方面的专家。因此，演讲前要做好充分的准备，写好讲稿并反复演练。

（2）成功演讲的秘诀

演讲内容与PPT制作技巧。一定要取一个有吸引力的题目，演讲内容要丰富而生动。观点鲜明、重点突出、思路清晰、层次分明、简单易懂，让受众有兴趣、能理解、能接受、记得住。

首先要挖掘听众的痛点、需求点、利益点、关注点、兴趣点，想清楚说什么（内容）、怎么说（思路、结构）。如先框架后细节，先结论后原因，先论点后论据等等。PPT制作要图文并茂，图表最好占百分之八十、文字占百分之二十，每张PPT行数不要太多（最好不要超过10行），字号要足够大，这样才形象、直观、有冲击力；文字只包含最重要的、经过分组和总结的思想（观点、论据、建议等），叙述要简单，呈现经过深思熟虑的故事梗概。

如何克服紧张情绪、变得自信。当主持人介绍你时，你要微笑，同时望着听众和主持人，不要谦虚地低下头，而是要充满自豪感。开场白可以说几句真诚的话，如“很高兴能和大家谈一谈关于……”“非常乐意和大家分享……”演讲时要不断告诫自己：“我就是这方面的专家，听众会获益匪浅。”

演讲要充满感情，手舞足蹈。讲话时要保持站姿稳重大方，一定要加一些手势，切忌声音单调，毫无感情的演讲。要始终与听众保持目光接触，学会扫视听众，眼睛要慢慢地从一个人移到另一个人，在每一个人身上停留两到三秒，这样可以使得你的演讲更像一对一的交谈，并从听众那里获得反馈，抓住听众并和他们产生互动。演讲中面带微笑非常关键，它会使听众感到友好，并且认为你对自己所讲的内容胸有成竹。因为微笑时大脑里会释放一种化学物质，使人们感觉良好。

如何避免忘词和控制好演讲时间。记忆力是一个奇妙的东西，但当你站在一大群听众面前时，有时会出错，甚至会忘词，而此时所有的眼睛都注视着你……你可以运用卡片避免这种尴尬，事先把PPT未体现的内容写在卡片上，注意要简明扼要。当你忘词时，不要紧张，看看卡片上的提醒，就可以触发你的记忆。演讲中还要提醒自己，在几个关键段落讲完后要看一下时间。可能你说得过快或过慢，你可以进行改变，加快速度或略去一些句子；或减慢速度，增加一些小趣事。

好的开头和结尾。演讲时要避免一些索然无味的开头，如“主席先生、副主席先生、尊敬的来宾……”你可以这样开头：讲一个关于自己的故事；引用名人名言；使用一些不平常的数据；问听众一个挑战性的问题；播放两分钟的录像等等。也要避免一些无趣的结尾，如“我讲完了，谢谢。有没有问题要问?”你可以这样结尾：以趣事结尾，但故事必须与演讲内容密切相关；以号召大家行动结尾；以反问句结尾，如“失去5个最大客户，我们的公司将会怎样?”

（3）你能成为一个成功的演讲者

每做完一次演讲，你都应该做一个评估，反思一下开头、内容、声音、手势、眼神交流、姿势、微笑、提问、结尾、离开等方面做得如何，找出成功之处和尚待改进的地方，思考在下一次的演讲中如何做得更好。通过不断改进和提高，你一定能够成为一个成功的演讲者。

30 如何使自己脱颖而出

机会眷顾那些有准备的人。机会只会被那些寻找它的人获得，要大胆去尝试。

我在《创业者管理修炼：我这20年的奋斗感悟》一书中写过一篇文章叫《如何使自己脱颖而出？》寓意机会属于那些有所准备的人。

一些员工往往把自己不能在企业中脱颖而出，归咎于老板不公正地提拔了那些他们偏爱的或有特殊关系的人，他们认为老板不喜欢比自己聪明的人，冷落有抱负的人。现实中这种情况确实存在，但大多数情况并不是这样。为了企业的长远发展，没有哪个老板不在为寻找人才而心急如焚。

我可以负责任地说，不能在企业中脱颖而出的主要原因在于员工自己。要想在企业中脱颖而出，员工必须努力为企业做事，同时提高自己各方面的能力，如专业技能、沟通能力、管理能力等。

作为老板，我认为在企业中脱颖而出的秘诀是：不要问“我必须为老板做什么”，而要问“我能为企业做什么”。员工不能只把自己看成一个简单的打工仔，而应该成为“有心人”。必须积极主动、承担责任，为企业的发展出谋划策，为企业的发展做出贡献。只有这样，才能脱颖而出。

法国微生物学家及化学家路易斯·巴斯德说：“机会眷顾那些有准备的人（Chance favors the prepared mind.）。”要想脱颖而出，就不能守株待兔，而必须努力争取。机会只会被那些寻找它的人获得，要大胆去尝试。对于对失败的恐惧，许多有能力的人与机会擦肩而过。

在这个世界上，有成千上万的好主意，能捡起一个变成现实就是无价之宝。一旦你真正地发现了你独有的才能，并且运用它为企业提供有益的服务，你就会变得快乐与成功。因为你将做你想做的事情，而且是那些最适合你做的事情。

如果有一天，老板要求你发表对企业发展的想法，你的机会就来了。你要挺身而出，直言不讳，勇敢地指出问题所在，并说出自己的理由。你要向老板证明，在他忙于考虑其他事情的时候，你却在业余时间苦思冥想如何增加他的利益。

无论你的意见是对的还是错的，你已经具备了成功的第一个条件：引起了人们的注意。你的老板已经发现他所请来的不只是个简单的打工仔，而是个有心人；不是个仅仅满足于干活挣钱的家伙，而是把全部精力都扑在工作上的人。这样的员工应该得到重视和善待。

大家可能常听到这样一种错误的论调：如果要讨老板欢心的话，就要言听计从。千万不要这样！那些老规矩只适合那些没有追求的人。只有你对自己部门的事情比老板还清楚时，你才能成为合伙人。

要记住："想要别人为你做什么，你就要为别人做什么。"如果你真的想做出了不起的事业，并且变得快乐与成功，就必须在你的身边聚集一群有能力的人，并帮助他们成功。

杰克·韦尔奇说："在你成为领导以前，成功只同自己的成长有关。当你成为领导以后，成功都同别人的成长有关。"你并不一定比你周围的人更聪明，一个球队的教练，并不比他的助理高明；一名公司的总裁，也并不比他的管理者们强到哪里去。当头儿，是设定目标的人，而让下属去实现它们，下属的成功意味着你的成功。

在你朝着成功的方向发展的道路上，一定要心胸宽广。有许多管理人员拒绝雇用那些有能力和有潜质的下属，他们往往最终会因为糟糕的业绩而失去工作；而那些在周围聚集起一大群有能力的人的管理者，最终将会被提拔到企业更高的位置。

第4章

心安是归处

- 心安是归处
- 简单生活
- 自由的心灵
- 由生存到寻求意义
- 人生要把握好三个字
- 八风吹不动，一屁过江来
- 为学日益，为道日损
- 承认不完美，心灵才自由
- 包容的智慧
- 心灵的安顿在于初心

31

心安是归处

朝从紫禁归，暮出青门去。
勿言城东陌，便是江南路。
扬鞭簇车马，挥手辞亲故。
我生本无乡，心安是归处。
——白居易《初出城留别》

读到白居易“我生本无乡，心安是归处”的诗句，我被诗人不重居在，但求心安的境界深深打动。也许人最根本的需求，就是精神家园。如果心得不到安宁，即使生活在家乡，也无家园之感；如果灵魂得不到寄托，即使身居豪宅，仍会感觉无家可归。

“家”是什么？家的核心应该是身心两安。家园故土之所以难舍难分，不仅是因为它曾经哺育了我们的身体，更在于它曾经抚慰了我们的心灵。

一个人也许享有福禄寿全，也许拥有万贯家财，也许获得显赫的名声和地位，但他的内心依然可能彷徨无依，甚至无“家”可归。因为真正的“家”应该是心有所寄，灵有所托。

在市场经济快速发展的今天，人们越来越受到物欲的驱使，变得心浮气躁。人好像变成机器，每天重复着相同的动作。人们感到越来越迷茫，好像都在赶路，正走在寻“家”的路上。

我也曾一度陷入贪欲的旋涡，金钱与荣誉确实让我获得了暂时的欢乐，但并没有给我带来心灵的安顿，我一直处在困惑之中。

直到有一天，当我读到曹丕的诗句：“人生如寄，多忧何为？”一个“寄”字让我茅塞顿开。人只是暂时（临时）“寄存”在地球上，房子再大，财产再多，地位再高，名声再响，百年之后都不是你的。一个“寄”字，让我意识到，人生一世，没有什么放不下的。

“生者为过客，死者为归人。天地一逆旅，同悲万古尘。”李白的诗句说着同样的道理，真“扎心”。在短暂的人生之旅中，我们都是匆匆“过客”，且无一例外。这种人生观，看似悲观，其实是一种旷达。认识到这一点，我们就不会被贪婪的欲望所捆绑，我们才能活出自我，获得心灵的安顿。

我们每个人都面临竞争的压力，生存是基础，只有生存问题解决了，才能谈得上发展，才能谈得上自我实现。我们不是不要追求物质生活，而是不要被贪婪的欲望所绑架而不能自拔。在人欲横流的今天，我们要学会刹车，我们要做的是适可而止，保持一颗平常心。

在互联网极度发达的今天，信息狂轰滥炸，我们太容易受外界的影响，越来越生活在别人的眼神里。或者迫于生存的压力，为适应社会环境而循规蹈矩。但不管做什么，生活再艰苦，我们都不应忘记初心，弄清楚自己想要的到底是什么，并努力去改变现状，做自己想做的事，活出自我。没有了“别人”标准的束缚和纠缠，心灵没有了冲突，我们才能心安。

心是身体和万物的主宰，当心灵安定下来，不为外物所动时，本身所具备的巨大智慧便会显露出来。王阳明曾说过，大家的智慧都相差无几，胜负之决在于此心动与不动。

心若不动，风又奈何？人生无常，只有心安，才是归处。

王阳明临终时说：“此心光明，亦复何言？”这八个字，可以说是王阳明一生的概括，也是他对世人最后的教诲。内心坦荡，无有亏欠，生死无碍！世间万物都是你心的映射，心是光明的，世间一切就是积极美好的。

32 简单生活

简单生活并非物质的匮乏，但一定是精神的自在。简单生活需要从内心开始，在衣、食、住、行上遵循和把握一种适度原则。

很多年以前，为了学习英语，我读了美国作家亨利·大卫·梭罗的《瓦尔登湖》英文版。意外收获的是，书中的一句话影响我至今："我愿意深入生活，过得扎实，把一切不属于生活的内容剔除得干净利落，其最基本的形式，就是简单、简单、再简单。"它时刻提醒我要活得真实，活得简单。

1845年3月，梭罗自己动手在瓦尔登湖畔修建小木屋，6月入住。他在小湖边开荒种地，自食其力，过着近似原始的、极其简朴的生

活。每天他把自己的观察和体验，以及他的思考、感触写在日记中。在那里住了两年零三个月，1847年9月，梭罗离开小木屋。之后，他根据自己的笔记整理出版了散文集《瓦尔登湖》。

梭罗的小木屋简单至极，一张窄窄的单人床，一张书桌，一个小小的铁炉子，炉上架着一只水壶，最奢侈之物便是三把椅子。梭罗说，我的房子里备有三把椅子，一把独处时坐，两把朋友来时坐，三把交往时坐。梭罗觉得三把椅子已经够奢侈了，因为自己常用的就一把。梭罗是在告诉人们，人的基本需求其实很简单，无非是一间房、一张床、一张桌、一身衣裳。

在衣食无忧的今天，人们愈来愈被物欲所累、被名欲所伤。人们错误地把“生活水平”与“生活质量”画上了等号，太多的人成了高消费的动物。激烈竞争带来安全感的失落，工作的繁忙导致生活内容的匮乏。许多人陷入了精神困惑，活得很不快乐。我觉得，解决现代人精神困境的方法就是简单生活。我所指的简单生活并非物质的匮乏，但一定是精神的自在。需要从内心开始，在衣、食、住、行上遵循和把握一种适度原则，从而简化我们的生活，寻找内心世界的平衡点。这样，简单生活也就成为一种现实。

简单生活不是归隐森林，我国唐代大诗人白居易曾说：“始知真隐者，不必在山林。”大隐隐于市，追求简单生活，住在哪儿、做什么，并不重要，重要的在于我们是否内心平静。

当你为心中的矛盾而痛苦时，抛开一切不必要的虚荣和贪图之心，面对现实，解决问题，你便走进了自己的一片森林；

当你为加薪或升迁而烦恼时，跳出压力，放下包袱，以真实对己，以真诚待人，你便走入了一片森林；当你为琐事纠缠时，想一想这些事情的利与弊以及价值所在，勇敢地放下，你便走入了你悠闲的森林。

简单生活不是不要房子、车子，而是要舍去奢华。简单生活是从细小的事情做起，比如像梭罗那样减掉多余的“椅子”，不让贪欲有落座的机会。“椅子”以舒适为标准，过于豪华，就变成一种装饰了，结果不是人坐“椅子”，而是“椅子”成为你生活的累赘了。

家里堆积了许多无用的东西，就像手机里装满了一堆无用的App。很多女生拥有一大堆的鞋子、衣服和包包，每天出门都要纠结穿什么。简单生活就是删繁就简，撤掉多余的部分，你的生活就简洁、丰富、深邃。“够了”以外就是多余，为这些多余的东西拼命奔波，对世界的美丽熟视无睹，你就错过了爱，错过了许多让你生活丰富多彩的机会。

当我们为拥有豪宅、豪车而加班加点拼命工作，每天在电视机前疲惫地倒下；或者是为了一次提升，而默默忍受上司刻意的指责，并一年到头赔尽笑脸。当我们总是把拥有多少物质生活看得过于重要，用身体、精力和时间换取一种所谓奢华生活，却没有觉察自己的内心在一天一天枯萎。事实上，只有真实的自我才能真正地容光焕发。

简单生活就是回归自我。做自己喜欢的事，自然会精力充沛、信心十足。首先想清楚自己想要什么，然后努力去做。如果你按自己的真实意图开始设计自己的生活，你会发现未来的生活将有很大的不同。

简单生活，并不是贫苦、简陋的生活，它是经过深思熟虑之后，表现真实自我、生活目标明确的生活，是一种丰富、健康、和谐的生活。

33

自由的心灵

到底是什么阻碍了人们通向心灵自由之路？一是观念的束缚；二是欲望的绑架；三是妄想的诱惑。

清晨，我被闹钟叫醒，似乎正在做着一个梦，几位朋友一起聊天，聊的什么记不清了，只记得一位朋友突然问我："你的心灵自由吗？"思考回答之时，闹铃响了。

这个问题着实困扰了我好长一阵子。我想我的心灵是不自由的，我的心中充满了各种成见、欲望，被各种思潮困扰，哪里有自由的空间？但我已经意识到，心灵自由应该是我努力的方向。

到底是什么阻碍了人们通向心灵自由之路？我觉得，一是观念的束缚；二是欲望的绑架；三是妄想的诱惑。

（1）观念的束缚

吸收前人的思想成果无可厚非，但人们太容易被某些所谓“权威”思想所束缚，太容易被僧侣、导师、专家以及某个声称自己已经是开悟之人所控制。在信息爆炸的今天，甚至连谣言都能左右人们头脑。

一颗背负着各种成见的心，不可能看到新的东西，自由的心灵就是要摆脱各种观念的束缚。只有茶杯空了，才能装进东西。塞满了各种信仰、教条、主义和语录的心实际上是一颗僵化的心，一颗毫无创造力的心，一颗不断重复着的心。

只有自由的心灵，才能够处在创造的状态里。一个心灵自由、独立自主的人才真正懂得生活、懂得爱，才能看到真实的世界。

（2）欲望的绑架

欲望本身不是一件坏事，它是人类不断进步的动力。但人们太容易被欲望所绑架，迷失自己。人可以拥有名利，但不能成为名利的奴隶。放纵的欲望模糊了人们的视线，阻碍了人们心灵的自由。因为我们拥有名利的同时，名利也占有了我们。占有导致执迷，执迷导致疯狂攫取，最后贪婪占据了整个内心，灵性便没有了空间和位置。

有一种捉猴子的方法，把椰子挖空，外面留一个小洞，这个小洞只能让猴子空着手伸进去，而无法握着拳抽出来。然后，人们就从小洞放进一些食物，再用绳子把椰子绑在树上，或者固定在地上。猴子闻香而来，将自己的手伸进去，死死抓住食物不放，结果猴子的拳头便不能从洞口抽出来。当猎人赶来时，猴子惊慌失措，恐惧万分，但却仍抓住食物不放。猴子抓得越紧，越无法脱身，最后被猎人捉住。

其实，猴子如果放弃食物，将手松开就能立刻脱身。只因为猴子对食物的执着才被捉住。我们每个人不都像猴子一样，内心充满了欲望和执着？我们之所以痛苦、烦恼、焦虑和恐惧，就是因为不愿放手。只要我们能够放下，放下心中的欲望和执着，就可以释然，就可以获得心灵的自由。

(3) 妄想的诱惑

妄想使人们脱离了真实的生活，让心灵进入了一个想象的虚幻世界。人们追寻所谓的长生不老，所谓的涅槃、解脱、开悟、永恒或上帝，这其中存在着强迫性的贪婪。牺牲了正常的生活，去追寻一个想象的目标，这其实是陷入了另一种执着。

当观念、欲望和妄想等东西占据了我们的心灵，心灵就没有了自由的空间。如果你深入探索就会发现，心灵的自由就是放下这一切，让心中出现无边无际的空间。放下这一切，你就会感觉到心旷神怡。

心灵自由之光靠自己来点亮，别人没办法给你心灵的自由，只有当你认识到自己是“囚徒”，当你完全清楚自己处于被制约的状态，当你知道自己是如何被社会、被文化、被传统、被思想、被宗教、被欲望、被妄想掌控的时候，当你知道自己被别人告诉你的一切左右的时候，自由的心灵才会出现。只有当你彻底放下了，不是在口头上，而是内心真正地放下了成见、欲求和超凡入圣的向往之后，自由的心灵才会出现。

34

由生存到寻找意义

幸福的人生就是有意义的人生，人应该在与大自然的接触中，在与人的相互关爱中，在自我提升和不断追求中找到意义和归宿。

“意义”是什么?“意义”能吃吗?连生存都没有保障,“意义”还有意义吗?我第一次寻找人生意义的时候，已经35岁了，觉醒得有点晚。

小时候，我也曾有过七色梦想。但随着时间的推移，许多梦想被现实碾压得粉碎。我感觉我所做的一切都是养家糊口，在为生存而奔波。35岁以前，命运好像老作弄人似的，我很偶然地来到了北京，很偶然地进入胶黏剂领域，很偶然地出版了第一本书，又很偶然地创了业…… 35岁以前，感觉日子过得忙忙碌碌，结婚、生子，工作、创业，随波、逐流…… 我对自己的人生并没有什么想法。

2000年，世纪之交，人们都在回顾过去，展望未来，我也开始反思自己走过的路。当年，史蒂芬·柯维《高效人士的七个习惯》书中的一句话触动了我的灵魂："当你离开这个世界，别人为你开追悼会时，你希望得到怎样的评价？"我开始思考人生的意义，开始思考自己这辈子想要的到底是什么。

经过半年多的反复思考，2001年，36岁时我确定了自己人生大目标："我今生只有一个愿望：财务与思想上的独立。"为此，我为自己制定了ABC（Adhesives — Business — Consultants）三步走的金字塔式人生规划：

（1）25~36岁专注胶黏剂领域（Adhesives），成为行业知名人士；

（2）37~48岁转向管理和投资（Business），实现财务上的自由；

（3）48岁以后转向咨询和写作（Consultants），用自己的思想影响别人，影响世界。

我把ABC人生规划看成是自己生存、发展、自我实现的三个发展阶段。即由技术专家到企业家，再到作家（思想家）转变的三个台阶。我把自己的目标放到笔记本的首页，放到电脑的桌面，制成镜框放到办公室和家里的书架上或书桌上，时刻提醒自己不要忘记自己的大目标。

工作再忙，我也要坚持读书，练习写作，学习与自己大目标相关的知识与技能，并不断实践。当工作不再只是工作，我感觉自己的人生在悄悄发生变化。我发现，当我在思考一个与小我利益无关，而拥有了人生大目标时，意义就降临了。当我为了这个目标，不断努力时，我感觉自己的生命有了不同的重量。

“意义”的确不能吃，但意义可以给你的生活带来充实，带来幸福。自从心中有了大目标，我越来越感觉命运有点听自己使唤了，好像命运就掌握在自己手中。自从心中有了大目标，我感觉生活充满了意义，过得很充实，活得很坦然。功夫不负有心人，经过十几年的努力与坚持，我的目标正一步一步实现。

“意义”似乎很抽象，主要指事物存在的原因、作用和价值。人感觉自己所做的事情有价值，就会觉得有意义，就会感到幸福。人生的意义在于用心体验生命的过程，感受上苍所赋予人的一切，主动赋予生命以价值，与他人友好链接，为社会做贡献。认识自我，实现自我，超越自我。我在《心想事成：如何成为成功、健康、幸福的人》一书中总结出“幸福的人生就是有意义的人生”，我觉得，人应该回归内心，在与大自然的接触中，在与人的友好相处和相互关爱中，在自我提升和不断追求中找到意义和归宿。

每个人各有不同的优势、天赋、见解和体验，寻找意义的关键是发挥自己的优势与才能，并善用这些特质来帮助他人、服务社会。一般来说，当人们觉得生活有意义时，通常是因为满足了三个条件：一是他们觉得生活很踏实，合情合理；二是他们觉得自己的生活很值得，是为了一个超越自我的大我而活；三是他们觉得生活有目标。

意义与目标密切相关，目标可大可小，可近可远。你可以心怀一个小愿望并为之努力奋斗，你会发现，实现后满足的程度跟通往目标的道路的长度和难度成正比。

目标孕育着无穷的能量，目标引领你去激发自己的潜能，引领你一步一步努力奋斗，实现自我。追求意义的人，终究会有更丰富、更幸福的人生。

35

人生要把握好三个字

人生要把握好三个字：上、止、正。美好的人生要以“上”为进，以“止”为退，以“正”为守。

2018年12月5日，我在德国曼海姆开了公司最后一次董事会，这意味着我25年的企业生涯结束。1988年5月，一个偶然的机会，我踏入了胶黏剂行业，从对胶黏剂一无所知到学习胶黏剂专业、从事胶黏剂研究，1993年12月，我与三位同事合伙创业，经历创业、公司发展、IPO、并购等过程。25年，弹指一挥间。我的企业生涯将告一段落，我已经找到了一份“永远不会退休的工作”——读书、写作，后半生的主旋律将是读书、思考、写作、分享。

《周易》曰:“天行健，君子以自强不息。地势坤，君子以厚德载物。”五十年的人生经历，使我深深体会到，人生要把握好三个字：上、止、正。美好的人生要以“上”为进，以“止”为退，以“正”为守。

“上”，指向上。人的一生应该积极进取，唯有向上，方能不断超越自己；只有不断进取，才能成就一番事业。如果游手好闲，不求上进，一生定会平平庸庸。

多年来，我深知进取的重要性，不断向新的目标迈进。1993年，我由大学讲师下海创业，负责胶黏剂研发管理；2004年从胶黏剂专业转向管理与投资，如今又从管理转向写作，决心活到老学到老，写到老。

“上”字下边的一横代表地平线，它是我们人生的起点。从呱呱坠地起，每个人几乎都在同一起跑线上，后天的环境与努力程度不同，便有了好坏、先后、强弱的差别。一切成就源自不断的进取，只有精进不休、发奋图强，生命的充实、人生的价值才能显现出来。

“上”字加一竖，就变成了“止”字。常言道，过犹不及，适可而止。知止意味着心中有度，懂得节制欲望、控制本能。名利没有穷尽的地方，生命却有终了的时候。把握不好度，健康会在过度消耗中受损，名节会因贪占侵吞而受辱。很多个人和企业的失败，都是因为一个贪字，贪食、贪财、贪色、贪名、贪利、贪功、贪快。人生不能得意忘形，应该既要懂得激流勇进，更要懂得急流勇退。

关于“止”，我感觉自己做得不够好，这几年，自己颈、肩、腰劳损严重，耳鸣、视力减弱，这主要是近几年自己为了实现事业的转型，大量阅读与写作、久坐、久视、缺少户外活动造成的。急于求成的行为过分透支了自己的身体，这是严重的只知进不知退的表现。

知易行难。我做股票十余年，曾著有《截断亏损，让利润奔跑：我的股票交易“15法则”》一书，深谙止损的重要性，视止损为股票投资的第一要义，但有时候还是没能止损！经常被贪婪和侥幸心理所纠缠。止之奥妙，存乎一心。“我们已经走得太远，以至于我们忘了为什么而出发。”黎巴嫩诗人纪伯伦的这句话值得每个正处于奋斗中的人时时拿来警醒自己。知止也意味着心中有界与戒，哪些朋友不能交，哪些地方不能去，哪些东西不能拿，哪些事情不能做。守住道德底线，不越法律红线，便可以筑牢成功的围堰。

“止”字上面再加一横就变成“正”。“正”，指正道。“正”，下面的一横代表地，上面的一横代表天，人立于天地之间，当品行端正、办事公正、待人谦正，其关键是正心。心有正气，胸有信念，人以正气立，事行正道远，正心的本质是养浩然之气。孟子曰：富贵不能淫，贫贱不能移，威武不能屈。无论何种境遇，恪守为人底线，活得问心无愧，这就是“正”。若为了名利，不择手段，走歪门邪道，就会害人害己，甚或祸国殃民。这样做好比筑巢于风，建屋于沙，风吹沙走，终将一切归无。

中国文化博大精深，字词的构成耐人寻味。“上、止、正”三个字，只差一点点而已，寓意却截然不同。“上、止、正”，这三个字简单至极，只有做到“上、止、正”，方可无憾一生。

如果把人生看成驾车远行，“上”好比油门，踩上它，你就会不断前行；“止”好比刹车，需要随时减速，避免风险；遇到危险时踩下去，可以救命；“正”好比方向盘，牢牢把好行驶方向，才能到达目的地。

36

八风吹不动，一屁过江来

要与时俱进，唯一的方法就是活到老，学到老，修行到老。

大家可能都听过“八风吹不动，一屁过江来”的典故。

唐宋八大家之一的苏轼，号称东坡居士，才华横溢，通晓儒、释、道三家文化，每逢人生诸多变故，均能以儒、释、道来化解，自认为修为足够。苏东坡在瓜洲任职时，和金山寺的住持佛印禅师相交莫逆，经常在一起参禅论道。一日，苏轼静坐之后，若有所悟，便赋诗一首，遣书童送给佛印禅师印证。

稽首天中天，毫光照大千。

八风吹不动，端坐紫金莲。

禅师从书童手中接过诗作，莞尔一笑，拿笔批了两个大字，叫书童带了回去。苏东坡见书童归来，以为禅师一定会赞赏自己修行的境界，急忙打开诗作，却赫然看见上面写着“放屁”两个大字，不禁怒火中烧，立刻乘船过江，找禅师理论。船到金山寺时，佛印禅师已在岸边恭候多时。苏东坡见禅师，大声质问：“大和尚！你我是至交道友，我的诗，我的修行，你不赞赏也就罢了，怎么可以恶语中伤？”

禅师若无其事地反问：“我伤你什么了？”

苏东坡把诗上批的“放屁”两字拿给禅师看。

禅师哈哈大笑：“哦！你不是说‘八风吹不动’吗？怎么‘一屁就打过江’来了呢？

苏东坡呆立半晌，终于恍然大悟，惭愧不已。

每当遇到自视清高、骄傲自大的人，我就会想起这则公案。其实，我自身也有这样的怪毛病，总认为自己性格平和，修养很好，而每当遇到具体事情就变得不冷静。不说“八风吹不动”了，有时一阵小风就吹得我神魂颠倒。八风在佛教里是指“得、失、谤、扬、赞、嘲、忧、喜”八种影响人心境的情绪。人是情感动物，遇到“八风”纹丝不动几乎不可能，一生的修行也未必能做得到。有些人自认为自己“八风吹不动”，我觉得是过分自信和自大了。

人际交往中，经常能遇到趾高气扬的人，说起话来咄咄逼人，好像自己无所不知，无所不能。我也经常犯自以为是的毛病，甚至有时会出现无理搅三分的情况，做到心平气和与换位思考实在太难。俗话说“有理不在声高”，反思来看，人在争论当中之所以“声高”，除了修养不足之外，我觉得“声高”是为了掩饰内心的虚弱，自大的背后实际上隐藏的是缺乏自信。修行不仅在口头上，更重要的是行。知易行难，大家也许明白“不以物喜，不以己悲”的道理，也许想把得与失、荣与辱置之度外，但现实中真正做到的能有几人？做点事就要求别人点赞，受到点打击就萎靡不振，取得点成绩就扬扬得意……

大家都知道：虚心使人进步，骄傲使人落后。如果总是夜郎自大，骄傲自满，我们就会陷入孤芳自赏、敝帚自珍的封闭境地，就会成为孤陋寡闻、不思进取的井底之蛙。满招损，谦受益。自大会使人们变得固执己见，自大还会导致各种偏见。自大的人往往按早已形成的习惯去做事，容易墨守成规。

我们要与时俱进，唯一的方法就是活到老，学到老，修行到老。我们需要的是“空杯心态”，在工作、学习、生活中，要学会放空自己，放得越空，收获就会越多。在鲜花和掌声面前，我们要看到差距；在困难和挫折面前，我们要不失信心，这便是成熟和进步。

在移动互联网时代，科技飞速发展，知识日新月异，如果不虚心学习，即使你原来的知识很扎实，也会被社会进步的潮流所淘汰。而只有永不自满，定期给自己复位归零，清除心灵的杂念，永远在学习，才能保持进步，才能保持身心的活力，才能更好地享受工作与生活。

保持“空杯心态”的唯一的方法就是把杯子倒空。空，给你带来生命的从容与淡定；空，使你被遮蔽的内心进入澄明；空，使你宁静的内心充满喜悦；空，使你把人生的荣辱成败付诸一笑；空，使你不再“一屁过江”，而是惯看秋月春风。

37

为学日益，为道日损

做研究、干事业的人，通过不断探索与实践，其知识、经验与学问会逐渐增加；但要探求真理，就要减少自己的主观意识，减损自己的成见。

大学期间，初读《道德经》，感觉老子深不见底。“道可道，非常道；名可名，非常名……”书的第一句话就使我惊呆！

老子的思想使我耳目一新，让我大开眼界。我被老子“上善若水”的思想折服。当时，我给自己起了个雅号叫“大海”，源自于书中的“江海所以能为百谷王者，以其善下之”“水善利万物而不争，处众人之所恶，故几于道”。水的特性是永远向下，永远谦卑，但水的力量无穷，什么东西也挡不住；水是柔弱的，什么容器都能装它，但水滴石穿，水能载舟亦能覆舟。“天下莫柔弱于水，而攻坚强者莫之能胜。”从此，我以“水”为榜样，永远保持谦虚，保持低调。

读完《道德经》，又感觉老子的思想有点“反动”，或者说“消极”。因为从小所受的教育是坚强、勇敢、有为、争取、仁义、智慧，老子却提倡柔弱、不敢、无为、不争、绝圣、弃智……其实，老子的智慧在于以退为进，以柔克刚。“弱之胜强，柔之胜刚……”

老子的智慧博大精深，《道德经》五千言，字字珠玑，句句格言，段段警世。尽管书中某些观点我并不认同，但我从此喜欢上了《道德经》。特别是辞去大学教职、经营公司以后，每当遇到困难和困惑时，我就会翻开《道德经》，倾听老子的教诲。

“知人者智，自知者明；胜人者有力，自胜者强。”老子教会我，认识自己，战胜自我。

“飘风不终朝，骤雨不终日。”老子告诉我，任何困难都是暂时的。

“善用人者，为之下。”老子提醒我，在公司管理中要倾听下属的意见。

“企者不立，跨者不行。”“曲则全，洼则盈。”老子提示我，欲速则不达，小不忍则乱大谋。

“千里之行始于足下”，“天下难事，必作于易；天下大事，必作于细”。老子指引我，脚踏实地，循序渐进。

“祸兮，福之所倚；福兮，祸之所伏。”“为之于未有，治之于未乱。”老子让我学会，居安思危，居危思变，宠辱不惊，百折不挠。

“勇于不敢则活”，老子告诫我，要学会拒绝，有所为，有所不为。“知止所以不殆”，“功遂身退”。老子让我明白，适可而止，急流勇退。

人性的弱点在于“贪婪”“骄傲”“武断”“愤怒”“争斗”“急躁”“轻率”…… 老子的逆向思维，让我们从容、镇定、谦卑、宽广、耐心、自信。

头脑发热时，读读《道德经》，你就像被泼了一桶冷水，于是就多了几分冷静，多了几分沉着，多了几分谦卑，多了几分平和。思想困惑时，读读《道德经》，你就像吃了一剂良药，顿时感到安慰与澄明，感到从容与踏实，感到有了气量，感到有了定力。

从我上大学期间初读《道德经》起，三十载有余。如今，我对“为学日益，为道日损，损之又损，以至于无为。无为而无不为”有了更深的理解，认为这是《道德经》的核心或精髓。

做研究、干事业的人，保持一颗童心，兴致所发，不断探索与实践，其知识、经验与学问会逐渐增加，为学日益。但要探求宇宙真谛的人，就要逐渐减少自己的主观意识，减损自己的成见等，为道日损。由于人的主观意识具有局限性，会成为寻求真理的障碍。而大自然真理是无分别性的，所以我们要探索真理，就要把自己的思想放空，损之又损，以至于无为。就像杯子一样，只有空了，才能装进东西。

“无为”不是不做，而是要把世俗的功名利禄损失殆尽，力戒虚妄、急躁、贪婪、武断，而要“道法自然”“复归其根”“复归于婴儿”“复归于无极”“复归于朴”，“致虚极，守静笃”。将内心的一切杂念排除，以自然之心去体悟，你就能达到“无为”的境界。以出世的精神，做入世的事业，你就可以做到“无为而无不为”。

38

承认不完美，心灵才自由

承认不完美，人就会敞开心扉，发现人类世界的本质，从而接纳自己的缺点，接受这个善恶美丑皆而有之的世界，最终获得心灵的自由。

前些天，我读了一篇关于心灵自由的文章，很受启发。文章大意是，人的本质“一半是神，一半是兽”。人都有缺陷，人是不完美的。一个人只有认识到自己的局限，才能成为一个真正的人，一个强大的人，一个觉醒而充满幸福感的人。有限的人想成为无限，不完美的人想成为完美，因为这种偏执，所以人们总是生活在痛苦和烦恼之中。

我很认同上述观点。只有承认不完美，当遇到问题时，我们才能勇敢地去面对，而不会选择逃避。人生有许多问题都是无法逃避的，比如生、老、病、死，这一切都是人生常态，不管我们承认不承认，它都会发生。许多人之所以不快乐，就是因为他们无法接受生命所呈现的现实。

万事万物都存在各种可能性，世界变化无常但也有其自身的韵律，高峰和低谷交替出现，就像日和夜、呼和吸，这就是自然的节奏。世界是矛盾的统一体，这个世界充满了善，也充满了恶。如果没有消极的一面，积极的一面也就无从说起。如果我们能够理解这一点，就更容易接受现实。

人要想从烦恼和痛苦之中解脱出来，首先要承认不完美的。承认不完美，人就会敞开心扉，发现人类世界的本质，从而接纳自己的缺点，接受这个善恶美丑兼而有之的世界，最终获得心灵的自由。相反，追求完美，人就会陷入烦恼、焦虑、自卑和痛苦之中。因为完美本来就是虚幻的，不真实的，所以越是追求完美的人，他们的痛苦就会越多、越深。

人只有接纳不完美，肯定痛苦的价值，才能从痛苦中找到快乐，从荒谬中找到意义，从喧嚣中找到宁静，从黑暗中找到光明。

承认不完美，我们就能够接纳一切，接纳和谐也接纳矛盾，接纳无畏也接纳恐惧，接纳欢愉也接纳痛苦，接纳喜悦也接纳忧伤，接纳生也接纳死。这样，我们就可以从充满矛盾的现实生活中找到和谐和幸福。

人生有顺利也有坎坷，有成功也有失败，有健康也有疾病，有喜悦也有悲伤，有满意也有失意，有充实也有单调。通往幸福的关键是个人要确定自己的人生态度，接受现实，解决问题，迎接挑战。在各种矛盾中找到平衡，这样就能顺着生活的河流而行了。

人生充满变数，我们只有接纳生活中所有的元素，立足于感受真实的、完整的人生，如此产生的幸福感才能深刻而持久。

只有接纳了人性的矛盾，让心灵变得完整，灵性才会觉醒。放弃了追求完美的自我，我们找到的是完整的自我。千百年来，圣贤们一直深信，只有心甘情愿地放弃自我、放弃我执，才能实现完整的人生。

完整的人生，一方面要求我们承认自己的不完美，另一方面又要求我们打破狭义的自我禁锢，放下各种成见。把你的哲学、宗教、习俗、种族禁忌及其他一切都放下，因为它们都不是真正的生命。如果你被这些东西捆绑，你就永远无法发现生命的真相，无法获得心灵的自由。

如果你没有偏见、没有歧视，如果你是完全开放的，那么所有环绕你的事物都会变得非常有趣、非常活泼。

如果你的心能容纳无限的经验，虽然饱经世故，却又能维持单纯，这才是朴素。我们必须具有内心的朴素，这种极为简单的心境，才能放下自我，获得心灵的自由。

自由的心灵意味着没有自我冲突的痛苦，它是幸福的源泉。自由的心灵意味着不被任何思想捆绑，它是创新的起点。自由的心灵意味着独立自主，只有独立自主的心灵，才能真正开放，才能发现世界的真相。

一个自由的心灵，才能使我们处于创造的状态里。一个心灵自由、独立自主的人，才真正懂得生活、懂得爱，才能看到真实的世界。

39

包容的智慧

心小，所有的事情都大了；心大，所有的事情都小了。

为什么我们常常会处于冲突和烦恼之中？大部分的原因是因为我们不能保持一颗包容之心，而总是把一些鸡毛蒜皮的小事挂在心上，和他人过不去，也和自己过不去。

有句话说得好："心小，所有的事情都大了；心大，所有的事情都小了。"人心宽处皆是路，有容乃大便是福。

包容他人，就是善待自己。执着于事情的对与错，或时时盯着别人的过错不放，为某些小事怒火中烧，烧伤的则是你自己。人生在世要受许多委屈，要学会一笑置之，超然待之，智者懂得在包容中壮大。不斤斤计较，给别人留后路，也是在为自己留后路。拥有一颗包容之心，能使你在生活和事业中获得更多的契机，从而获得幸福而美好的人生。

包容就是放下固执己见，解除心中的框框，把心放空。因为“空”，大地任我们游走，空气任我们呼吸。人只有放空自己，才能达到真正心中万有：有人有我、有事有物、有天有地、有是有非、有古有今，一切随心通达，运用自如。假如没有“空”，人类就不知将安住于何处。

大自然在于虚空，人在于谦虚。谦虚使人进步，骄傲使人落后。一个人如果骄傲，即使身为天使，也会沦为魔鬼；一个人如果谦卑，即使是凡人，也会成为圣贤。一个成功的人士一定是谦卑的，只有不成熟的人才会趾高气扬。

拥有包容之心的人主要体现在四个方面：有气量，有眼量，有耳量，有胆量。

有气量的人，虚怀若谷，顾大局，识大体，不会为区区琐事而心烦意乱、斤斤计较。凡成大事者，都有广阔的胸怀。气量越大，福气越大。

有眼量的人，能高瞻远瞩，而不是鼠目寸光。“人无远虑，必有近忧。”一个人的眼量决定一个人所能达到的高度。目光短浅，只能得到蝇头小利；目光长远，方能真正摘取成功的果实，造就千秋伟业。

有耳量的人，善于听取不同的意见。古语有云：“兼听则明，偏听则暗。”历史上的明君，无一不是广开言路。从谏如流，方能作出英明决断，开创升平盛世。

有胆量的人，胆大心细，从不畏手畏脚。有胆量的人之所以无所畏惧，是因为他们的气量大，有眼光，具备雄才大略，做事有主见，按常理出牌却又不拘泥于常理；谨守成规，却又不被成规所束缚。

包容是一种宠辱不惊，万事淡然的心态。包容是一种设身处地，心装他人的品质。包容是一种笑面人生，乐观忘我的境界。拥有包容的心态，会让人感觉到生命的安详和幸福，得到别人的帮助和推崇；拥有包容的心态，可以避免别人的攻击，从而为自己营造一个更加和谐的人际关系圈。

包容不仅仅指包容他人，也指包容自己。原谅别人或许容易，但原谅自己有时却很难，人总是容易沉迷于过去，沉迷于自己的错误之中。你如果执着于过去的错误，就会背负思想包袱，限制自己的思维与发展。我们需要包容自己，不要为了已经发生的错误浪费时间。放弃不相干的心灵负累，多花些时间做点有意义的事情，这比耿耿于怀收获的要多。

包容不但能够松弛别人，更能抚慰自己。它会让你变得自信和随和，能够让你对人生有更多的感悟，把一些不必要的事情看得很轻，再大的不快，再激烈的冲突，都不会在拥有包容心灵的人心里留下痕迹。能够包容的人总是用积极的心态去面对人生的每一件事情。一旦你拥有包容的美德，你将拥有一生的智慧，收获一生的笑容。

多一分包容，就会少一分狭隘，多一分坦荡；多一分包容，就会少一分烦恼，多一分宁静；多一分包容，就会少一分怨气，多一分快乐。有容乃大，有容乃福。

40 心灵的安顿在于初心

非风动，非幡动，仁者心动。

——惠能

《坛经》中云：“时有风吹幡动。一僧曰风动，一僧曰幡动，议论不已。惠能进曰：‘非风动，非幡动，仁者心动。’”可以想象，当时两个和尚一定争论得面红耳赤，而六祖慧能一语道破，风动、幡动是相对而言的，二僧争论不休的原因是他们的心在躁动。

这个典故让我茅塞顿开。人们企图通过各种方法来安顿心灵，比如药物、镇静剂、木鱼、念珠、祈祷、打坐、调息等，但依靠药物或心理控制来安顿心灵，获得的只是片刻安静。而心灵真正的安顿呈现的是一种自由状态，它不是摆脱了任何事物的自由，而是没有任何动机的自由——它并不是控制的结果，而是一种初心。

（1）控制不能安顿心灵

即使你天天调息，日日祈祷，或者盘腿一辈子，但未必就能到达心灵自由的境界，因为这是刻意要达到某个结果的行为。企图超凡入圣，这其实是另一种形式的贪求。一颗充满恐惧、企图、贪求真理或财富的心，无论重复诵念多少遍圣号，都是肤浅的，所获得的安宁都是暂时的。

专注于某一东西或沉迷其中，绝不能使一个人的心灵真正安顿。这就好比给孩子一个有趣的玩具，只能使他安静一段时间，当你把玩具拿走，他又开始淘气或哭闹了。

其实，我们都沉迷于自己的玩具里，概念是你的玩具，财富是你的玩具，游戏是你的玩具，网络是你的玩具，理想是你的玩具，宗教是你的玩具，它们都能吸引你的注意。然而这些东西一旦遭到质疑或者失去，你就又重新回到了不安之中。即使一个人为了忘却烦恼，专注于自己的事业或爱好之中，也只不过是暂时沉醉在自己的玩具中，而并未拥有真正的平静。

控制不能安顿心灵，心灵的安顿不是摆脱了任何事物的自由，而是没有任何动机的自由。我们的心中充斥着各种思想、欲望、野心和恐惧等等东西，因此它已经没有什么空间了。如果你深入探索就会发现，安顿自己的内心就是放下这一切，让心中出现无边无界的空间，这时心就安静了。

（2）心灵的安顿来自初心

初心就是不被各种欲望、思想和习俗所禁锢的心，它对一切事物充满探索和好奇，没有任何先入为主的概念。初心就是开放的心，相当于人们所说的“空杯心态”，随时准备好去接受、去怀疑，并对所有的可能性敞开心灵。只有以纯净的心去接触事物和问题，才能如实看待万物的本然面貌，抓住事物的本质，一种心安理得的感觉。

心灵的安顿寓于心理的平衡，没有内心的冲突，一种不偏不倚的态度。不是一味避开，也不是一味正面抗争。心灵的安顿不能逃避生命，不是逃避日常生活，心灵的安顿就在日常生活中，在你的微笑里，在你观看另一个人的方式内，它存在于关怀、温和、慷慨里。

一边干着坏事，一边念佛求安；白天干坏事，晚上向上帝忏悔，第二天照样去干。再念、再祈祷也安不下心。要想心灵安顿，就必须找回自己的初心。初心是人性之本源，人本应该清静而无所碍。我们越是受到外在环境的影响，越容易心生执着和分别，从而产生虚妄和恐惧，使自己的心难于安静下来。启心动念都是从内心开始的，无欲则刚，要保持定力，不要被世界牵着鼻子走。

保持初心，心底里就会出现巨大无边际的空间，心灵就会充满自由。当我们体验到内心宁静安住的时候，感觉似乎如此奇特，心不再到处飘荡，不再被无数琐事所缠缚。窗子敞开时，微风自然会进来。无论是太阳升起或一阵清风吹来，我们就会意识到这阵美妙微风的存在，且身心完全地宁静和谐。

第5章

你的误区

41

你的误区

阻碍人们发展的最大的心理误区是自我轻视和对未知的恐惧。

岁月如梭，转眼间大学毕业30年了。大学生活的记忆已渐渐模糊，但总有些心酸的经历是抹不去的。我的大学生活有着许多迷茫，感觉很慌乱。我从一个小地方考到北京，和同学们差距巨大，感觉很不自信。毕业前夕，我有幸读到韦恩·W. 戴尔写的《你的误区》一书，这本书使我恢复了自信，变得强大起来，至今还影响着我。

《你的误区》是一本心理咨询方面的书，作者把人们由于自我挫败心理而产生的缺乏自信、抱怨与挑剔、寻求赞许、悔恨与忧虑、愤怒等情感以及由于恐惧未知而导致的自我限制、回避新事物、僵化与偏见、犹豫不决、害怕失败、强求公正等心理，归结为束缚人生发展的心理“误区”。当年，我感觉这本书就是专门为我写的，书中提到的许多“误区”就是我当时心理的写照。韦恩·W.戴尔告诉人们，阻碍人们发展的最大的心理误区是自我轻视。“我不行”是自卑之人的口头禅，它会引起一系列的自我挫败行为，它会使你陷入依赖和别人的控制之下。

抱怨与挑剔、寻求赞许、悔恨与忧虑、愤怒等都是心理的死胡同，都是无益的行为，会给你的生活蒙上一层阴影。如果你做任何事都寻求赞许，那么在你未能如愿时就会感到沮丧，这就是自我挫败所在。同样，悔恨与忧虑，也是生活中两种最消极无益的情感，许多人都在悔恨过去或担忧未来之中浪费了大好时光。愤怒更是一种心理病毒，它是你经历挫折的一种后天性反应，你以自己不欣赏的方式消极地对待与你的愿望不相一致的现实。

韦恩·W.戴尔认为，阻碍人们发展的另一大心理误区是恐惧未知。“我不敢”是思想僵化之人的口头禅，它会给我们带来自我限制，使我们做事犹豫不决，害怕失败。思想僵化的人永远不会有所发展，他们往往按早已形成的习惯去做事。思想僵化还会引起各种偏见，使我们无法探索未知。人们之所以犹豫不决，是因为人们总是希望作出正确的选择，通过推迟选择便可以避免犯错误。如果你将事情推迟到将来，你就在逃避现实。

事事强求公正也是心理的误区。倘若人们强求世上任何事物都得公平合理，那么所有生物连一天都无法生存，鸟儿就不能吃虫子，虫子就不能吃树叶…… 我们生活在这个世界上，往往会被许多习俗所束缚，有各种各样的“应该”“必须”的条条框框。要想消除心理的诸多误区，首先要培养一种崭新的思维方式，摒弃你迄今为止所养成的自我轻视思想。你需要主宰自己，摆脱旧的自我。

人生在于选择，人拥有选择的权利，选择是你的根本自由。你的生命属于你，你可以选择你希望过的生活。你的大脑属于你，你可以控制自己的情绪。要想消除心理的各种误区，你需要从现在做起，高声大喊：“我能行！”这是独立人士的口号。心理独立就是完全不受任何强制性关系的束缚，完全不受他人控制的行为。

《你的误区》最后为读者展示了一个完全消除了误区的人的生活场景，这也是我始终追求的目标。

◎生活充实，热爱生活的每一项内容，做什么事情都非常愉快；

◎不因往事而悔恨，不为未来而忧虑，生活在现在，遇事泰然处之；

◎人格独立，不希望受别人约束，也不把自己的观念强加于别人；

◎胸怀坦荡，敢于直言，从不寻求别人的赞许，也不崇拜偶像；

◎不会因适应社会环境而循规蹈矩，生活中从不处于被动地位；

◎诚实守信，富有幽默感，接受不完美的自己，从不背后议论别人；

◎喜欢投入大自然的怀抱里，尽情欣赏大自然之美；

◎能够洞察他人的行为，善解人意；从不进行毫无意义的争斗；

◎精神饱满，爱护身体，吃得好，睡得好，经常进行身体锻炼；

◎富于好奇心，不畏惧未知世界，敢于体验新事物，不怕失败，不断学习进取。

42

数字“4”和“8”背后

人们对数字的偏爱与忌讳看似一个小问题，其实反映了人们心理的大问题。

在北京开车多年，我发现一个规律，一周里总有一天上下班路上特别堵车，也有一天比较通畅。后来我找到了其中的奥秘，特别堵的那天一般限行尾号“4”，比较通畅的那天限行尾号“8”。因为人们喜欢“8”忌讳“4”，尾号“8”的车特别多，尾号“4”的车特别少。

不仅是车号，人们在挑选电话号、QQ号、账号、卡号、楼号、楼层时同样喜欢“8”避讳“4”。我所住的楼房也没有设“4”“13”“14”楼层，真是中西方

的忌讳都体现到了。西方人不喜欢数字“13”，中国人（包括日本人、朝鲜和韩国人）很忌讳“4”。“4”成了中国人心目中最不吉利的数字，缘于其与“死”字谐音。同样，“8”成了人们心中最吉祥的数字，源于“8”与广东话中的“发”是谐音，“8”意味着发财、发达，这个观念以前大多为广东人所有，改革开放以来逐渐成为全国流行的观念。

事实上，“4”在中国古代一直是一个吉祥数字，它的寓意是“双双”，所以结婚时大门口要贴上四喜，宴会上有四喜丸子。成语是汉文化的精髓，大多由四字构成，而带四的吉祥成语也数不胜数，如四面八方，四海升平，四通八达，五湖四海，扬名四海，志在四方，四海为家，囊括四海，等等。自然界有四季，人有四种性情。中国古代表示东南西北四个方位，有青龙、白虎、朱雀、玄武“四神”；中国古代还有龙、凤、龟、麟“四灵”；玉皇大帝有四大天王，如来佛有四大护法、四大菩萨，道教有四值功曹。

自古以来“4”就是房宅之吉数。汉字“房”字下面是个“方”字，代表“四平八稳”，意思是说房子只有建成四方的才平稳、才牢固。还有至今已有三千多年的四合院，远在西周时其形式就已初具规模，且分布广泛，是汉族民居形式的典型，著名的紫禁城其实也是“四合院”的格局。从四合院布局看，“四”蕴含的文化是私密、安全、和谐。再看看我们的家，从地面到墙面、天花板哪一个不是四方形的，桌、椅、橱柜、衣柜……看一看，算一算，有多少四？离开了四，还有家吗？

就连我们开的汽车也是四轮的。

据说，把“4”视为不吉祥数字源头来自日本，在日语中，4的发音同死很相似，日本人对“4”自古就很避讳。而中国人对“4”的忌讳是近现代的事，但影响越来越深。数字本身不能给人带来吉凶祸福，而是人赋予了它感情色彩。人们喜欢“8”忌讳“4”，至少反映出人们内心深处普遍存在的两种心理：人最喜欢钱财，人最恐惧死亡。

如今，人们对“8”的迷信推崇到了极致，例如某省A88888的车牌号拍到了200万元，而至尊QQ号码“88888”也拍卖到26万元。这种毫无理性的数字崇拜背后，除了人们对富裕生活的向往之外，更隐含着一种庸俗的实用主义、功利主义思想，也反映出人的贪婪欲望。

同样，人们对“4”的忌讳越来越深，反映出人最大的痛苦源于对死亡的恐惧。其实，人对死亡的恐惧没有任何意义。人偶然来到这个世界上，终有一死，而对待死亡的观点，决定了一个人面对人生一切问题的答案。

人们担心的往往是未来的不确定性，既然死亡是确定的，那么对死亡的恐惧就是不恰当的，也是徒劳的。而直面死亡，人生反而会丰富起来。直面死亡实际上能驱散愁云，使你心胸开阔，活得更幸福。

蒙田说过，我们的房间应该有一扇可以俯视墓地的窗户，那会让一个人的头脑保持清醒。面对死亡，正确的方式不应该是恐惧，而应该是感激，感激我们拥有生命。既然我们终将死去，那么我们应该怎样生活呢？因为一个人一生的时间有限，所以我们应该尽可能多地去体验，让生命包含尽可能多的内容，让人生充满意义。

人们对数字的偏爱与忌讳看似一个小问题，其实反映了人们心理的大问题。喜欢“8”忌讳“4”是人们贪婪与恐惧心理在作怪。如果心理成熟，你就不会迷信，数字都一样，无好无坏，它只是一个标识而已。

43

“馅饼”与“陷阱”

天上不会掉馅饼。

——谚语

30年前，刚大学毕业不久，我第一次出差到广州做课题调研。出了广州站，有几个小伙子在叫嚷：“收古币，大日本银元，400元一枚。”其中一个小伙子拦住我，让我看“古币”，我不经意地接过来瞧了一眼就还给了他，心想反正我也没有，就坐公交车去旅馆了。入住后，我放下行李出来吃饭，刚出旅馆门口，听见有人喊：“卖古币，大日本银元，200元一枚。”心想太好了！我出差带了400多元钱，可以买两枚，一转手就赚400元！于

是就买了两枚。当我赶到广州站时，收“古币”的人早已没有了踪影！我这才恍然大悟，上当了！大日本银元是假币，原来他们有人一直跟踪我到了旅馆。

那次受骗让我无法回家，受到的打击太大，400元钱相当于当时半年工资。这件事让我体会到：天上不会掉馅饼！至今我还保留着那两枚假币，每当有不劳而获的“好事”到来时，我就想起那两枚假币，我就会反问自己：这个掉下来的“馅饼”是不是隐藏着巨大的“陷阱”？

30年来，随着市场经济的快速发展和移动互联网时代的来临，行骗的方法与时俱进，各种骗术变化无穷，数不胜数。骗财、骗物、骗名，乃至骗情、骗婚、骗奸……无奇不有，无孔不入。吃一堑，长一智。30年来，由于那次沉痛的教训，我再没有被骗过。

如今行骗手段已从传统的法师骗局、驱鬼、消灾、神医、算命、丢包、宝物（假金砖、假银元、假元宝、假金佛、假金龟），发展为电信诈骗如电话诈骗（电话欠费、冒充朋友借钱、冒充公检法执法人员等）、短信诈骗（中奖缴税、银行卡消费、低息贷款、自报银行账号等）、网络诈骗（网上交友、借钱、盗用信用卡、假网站、假软件、假投资等）……

几乎每个人都有过被骗的经历，为什么人会上当受骗呢？我们不能只怪骗子的狙獗和手法的高明，而更应该从自身找原因。凡是能得逞的谎言和欺骗，背后肯定都有某些类似的因素在起作用，那就是人性中的贪婪、恐惧、轻信、急躁、盲从等弱点在作怪，骗子正是抓住了这些人性的弱点才行骗成功。

贪婪：贪小便宜，控制不住自己的贪欲，这是上当受骗最主要的原因。贪财、贪色的人头脑容易发热，容易被骗子忽悠住。

恐惧：冒充公检法工作人员给你打电话，说你涉嫌洗钱、贩毒、信用卡诈骗，或者冒充老师说你孩子出事了…… 把你吓唬得唯唯诺诺，骗子就是利用人的恐惧心理诈骗成功的。

轻信：思想单纯，防范意识较差的人容易受骗。骗子们往往把魔掌伸向社会经验不足的在校学生和初入社会的打工仔们。

急躁：慌里慌张最容易出乱子。有求于人，想经商而缺乏经商经验；急于成名，爱慕虚荣而无戒备之心；想找到理想的工作，而又缺少门路等等。骗子就是瞅准了你着急的事情，一下手一个准。

盲从：很多人上当受骗是从众心理造成的，人都参加了，我为什么不能，别人都傻吗？这种想法是错误的，做任何事情都要独立思考，不能头脑一热就去做。

当今，老年人成了最容易上当受骗的人群，骗子们摸透了老年人贪小便宜的心理，经常打着“免费赠送”“低价销售”的旗号吸引老年人参加，并在活动的开始施点小恩小惠，降低老年人的防范心理，为之后的骗局打下基础。骗子们还利用老年人信息不灵的现状，打着高收益、低风险的幌子推销理财产品，由于老年人没有辨别能力，信以为真，买入后往往血本无归。老年人的防范心理弱，容易相信人，骗子看准了老年人有健康长寿的需求，夸大其词地描述保健品，使老年人不惜高价买一些滋补品，结果拿到的是一堆垃圾……

生活中的骗术五花八门，而且花样不断翻新。但是，无论骗子多么狡猾，骗术多么高明，只要你记住一点：天上不会掉馅饼！不贪图小便宜，不走邪道，不轻信，不盲从，而对不劳而获、轻易得到的东西持怀疑态度，以不变应万变，你就不会掉进骗子们精心设计的陷阱！

44

拔除心中的“烂草莓”

你创造你的生命，种什么因，得什么果。

人的一生中，有许多消极的情绪或者“阴影”存在于我们的心中，影响着我们的进步，影响着我们的成功，影响着我们的健康，影响着我们的幸福。这些存在于我们脑海中消极的东西，我们称之为心中的“烂草莓”。

草莓本来是鲜嫩欲滴、酸甜可口、非常好吃的水果，但是，越是鲜美，就越不容易保存，一旦草莓腐烂发臭，就会变得非常恶心有毒。同样，若是让消极的想法或情绪始终停留于我们的心中，它就会发酵、变酸，如此的“烂草莓”就会牵绊我们。

消极的东西是我们成长过程中日积月累而来的。在我们成长的过程中，会在不同的时间和环境里，与某些人或某些媒体相遇 —— 父母、老师、身边的人、文学作品、影视、网络 —— 都会有一些不同的体验，并在脑海中留下印象或意念，有时会留下负面或坏的东西。还有我们成长过程中所受到的打击、受到的挫折，都会在心中留下阴影。这些阴影不会自动消失，若不认真处理，它们将会变为我们心中的“烂草莓”，并且不断发酵与扩散。

人最大的负面情绪莫过于丧失了生活的信心和勇气，“我不行”“我就这样了”“我 …… ”这是人们在成长过程中最大盲点和障碍，我们必须拔除这些“烂草莓”。

要想拔除心中的“烂草莓”，关键是要变消极为积极。要积极面对所有挑战，唯有将“挫败”看成“挑战”，将危机变为机会，才能在态度上变得积极，并增加应对的勇气，而逃避只能让事情更糟。

成功的关键首先是你必须调整自己的思维方式，你必须“像一个成功者一样思考”，营造成功者的形象尤其重要。要使你看起来更自信，更有实力，更值得信赖。你的形象会告诉别人，你现在就是赢家，而且永远是。如果事情要改变，首先我们自己必须改变。人类在不断演进和发展的过程中，正是不断地求变，才会有今日进步的生活。任何事情的结果都是因我们的信念而产生，也就是说世界将随我们的信念而改变。生存决定于改变的能力，改变已成为生活上一种必备的能力。不断创新和改变的态度在人的成长过程中才是最重要的。

人生方向需要不断地修正。当我们唤醒了心中的巨人，当我们愿意去改变、愿意对自己的情绪负责任、愿意拔除心中的“烂草莓”以迎接美好的人生之后，第一件最重要的事情就是要弄清什么是自己最想要的，勇敢地去追寻自己的梦想！

倾听心灵的渴望，拥有梦想是成功的前提。相信你能够，你必须把“不可能”从你的生活中清除。树立有价值的目标，只要你坚信，经过不断努力，都能被你实现。有了梦想与目标，如果你不采取任何行动，你的境况是不会自动改变的，人生回报行动。想清楚自己想要什么，选择你所喜欢的事业，然后一步一步去实施。

真正有所成就的人，都是在某个领域里投入极长时间去经营，并专精于其中研究之人。因为就长远来说，投入越久会变得越有经验，会因熟悉而成为专家，并在全盘了解工作系统后，创造出一套可以大量复制的精简方式来让工作变得得心应手。不要惧怕错误和失败，生命的过程就是展示你能力的过程。错误总是会发生的，你越早尝试，就越早犯错误，就越早进步，也就越早成功。

我们周遭的一切事物，不过是“思想的凝结”，思想决定行动，行动产生结果。你创造你的生命，种什么因，得什么果。你目前的生活就是你过去思想和行为的映现，你现在所想的、所做的一切，就在创造你的未来。

不管你目前的境遇如何，不论是好是坏，只要你能拔除心中的“烂草莓”，化消极为积极，化被动为主动，你的生活将从此而改变。俗话说，真正的成功不在于你手上是否握有一副好牌，而在于如何将一副坏牌打出好的结果。

45

求点赞和 89 次谢幕

掌声是观众对演员的认可！掌声是干出来的，不是求出来的。

俄国著名音乐家柴可夫斯基1876年创作的《天鹅湖》堪称芭蕾舞剧的绝唱，那优美、典雅、抒情的舞姿和音乐令人陶醉。全剧共四幕近30段音乐和舞蹈贯穿成一个严密的整体，极具交响性。有人称柴可夫斯基“第一次使舞蹈作品有了音乐的灵魂”。

一百多年来,《天鹅湖》这朵艺术奇葩在世界舞台上竞相开放，至今依然保持着它艺术的芬芳。伦敦、巴黎、柏林、纽约、东京、北京、上海…… 世界几十座城市，

每年几百场演出展示着它无限的生命力。

我一直被《天鹅湖》深深地吸引，看过十几次芭蕾舞《天鹅湖》的现场演出。春节期间，俄罗斯芭蕾舞剧院来京演出经典芭蕾舞剧多媒体《天鹅湖》，感觉形式很新颖，心想一定更好看！我和夫人再次去观看，但结果让我有点失望。失望的是多媒体画面叙事太直白，缺少艺术性，以及整场演出中演员们不断地向观众求喝彩。

传统《天鹅湖》剧中舞会中持杖的主持人在多媒体剧《天鹅湖》中变成了西方聚会中常见的那种“小丑”，“小丑”穿插到整个演出当中，跳来跳去，多次向观众示意鼓掌喝彩，好像掌声越大越好。

另外，每一支舞跳完，演员都走向前来谢幕，求掌声，破坏了剧情的连续性，打断了观众观剧的感受……

对比多媒体剧《天鹅湖》中演员们要“点赞”，我想起了被称为史上最著名的《天鹅湖》演出——由努里耶夫（Rudolf Nureyev）和玛戈·芳婷（Margot Fonteyn）搭档主演，1965年在维也纳的一次演出，演出后，观众欢呼不止，共谢幕89次，创造了舞蹈史上的谢幕纪录。当时玛戈·芳婷已45岁。我至今还保存着努里耶夫和玛戈·芳婷搭档主演的《天鹅湖》DVD光盘，1966年录制，1998年由PHILIPS公司制作，应该是“89次谢幕”之后不久的演出。

努里耶夫是俄罗斯（苏联）人，1938年生于西伯利亚。青少年时代，先后在莫斯科和列宁格勒（今彼得堡）的芭蕾舞学校接受正规训练。20岁时，他被列宁格勒基洛夫歌剧院录用，不久就成为剧院的台柱子。1961年，努里耶夫前往巴黎演出后再没有回苏联。之后，努里耶夫应英国皇家芭蕾舞团首席女演员玛戈·芳婷的邀请前往伦敦，两人在卡文加登剧院的舞台上开始了“世纪合作”，搭档长达17年，被称为“舞蹈史上最震撼人心的一对”。

“89次谢幕”源自努里耶夫和玛戈·芳婷对芭蕾的热爱和辛勤的努力。玛戈·芳婷1919年生于英国萨里郡，比努里耶夫大将近20岁。芳婷的绝招是脚尖功夫，可达二十几秒钟，这是芭蕾女演员创造的“世界纪录”，芳婷的芭蕾舞生涯长达45年，直到60岁才离开舞台。

努里耶夫是用整个灵魂在跳舞，自从穿上芭蕾魔鞋，就未曾停止过旋转。一年365天，他演出200~250场。早上他飞离伦敦，晚上他就跃上悉尼剧院的舞台。他使得芭蕾更加高贵，他的贡献还在于重新确立了男演员在芭蕾舞剧中的重要地位，他的悬空跳跃和快速旋转可以与尼金斯基传奇式的绝技媲美。

有一次，努里耶夫厌烦了记者的跟踪，他索性脱下舞鞋，伸出裸露的双脚，让记者们照个够。后来,《巴黎竞赛画报》把当时拍的照片刊登了出来，努里耶夫脚上青筋暴起，血瘀处处，毛细血管清晰可见。努里耶夫曾笑言献身艺术就是“使自己的身体成为这种艺术的奴仆”，他的双脚的确被折磨得惨不忍睹。

多媒体《天鹅湖》剧中演员们不断向观众“求喝彩”反映了现代人普遍浮躁的现象。掌声是观众对演员的认可！掌声是干出来的，不是求出来的。努里耶夫和玛戈·芳婷献身芭蕾艺术的精神令人敬佩，值得我们学习！我们只有“撸起袖子加油干”，为自己钟爱的事业而献身，才能像努里耶夫和玛戈·芳婷那样，一次演出而博得“89次喝彩”！

46

压力越大成果就会越大吗

“使劲蹦一蹦能够得着”，这样的目标才能落地。

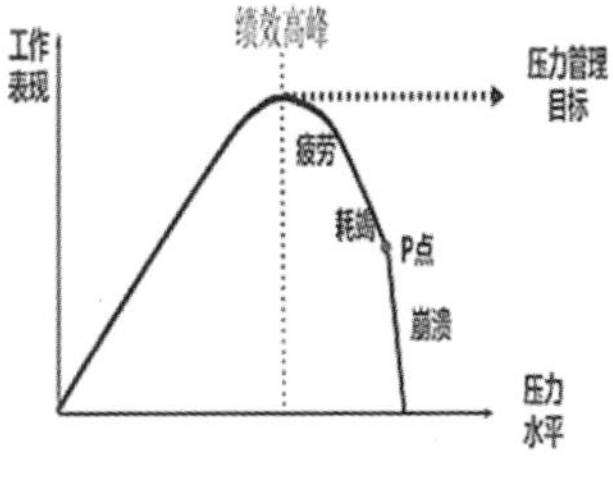

最近，我到一家企业交流，有位高管问我：“你们是如何为员工解压的？”在25年的创业与企业管理生涯中，我还是第一次碰到这样的问题。我发现，这家企业在制定年度目标时采用的是“目标倒推法”，即从目标出发，反向推演，分析要达到目标的瓶颈在哪里，然后缺什么补什么。他们认为，企业目标是老板意志的体现，目标定得具有挑战性，公司才能取得突出的业绩。近几年这家企业业绩增长得的确不错，但员工感到压力重重。

压力越大，成果就会越大吗？研究表明，适当的压力可以带来动力，提高工作效率。然而工作压力和工作效率并非永远正相关，如果误以为员工的压力愈大，工作绩效就会愈高则是大错特错了。因为员工承受压力的能力是有限的，一旦压力超过了员工所能承受的最优区间，压力的负面影响就会愈来愈大，愈来愈明显。当压力大到一定程度时，员工的工作满意度就会下降，工作效率也随之降低。如果完不成目标还要受到惩罚，那么员工将不堪重负。如果老板过于乐观，目标定得过高，公司资源又不能与目标匹配，那么目标就很难实现。由于完不成目标，部门间就会相互抱怨，如销售部门抱怨研发部门没能开发出好的产品，研发部门抱怨销售部门没有开发出更多的客户，如此等等。

当然，“目标倒推法”在战略规划与实施中不乏成功案例。2001年9月，蒙牛集团在制订“五年计划”时，总裁牛根生提出2006年的销售目标100亿元，员工听了都目瞪口呆，因为蒙牛2000年销售额才2.47亿。要实现100亿的目标，奶牛从哪里来？厂房从哪里来？人员从哪里来？市场如何开拓？进行了一系列的倒推和策划后，蒙牛开始了大胆的创造性工作：针对奶牛少的问题，蒙牛开始富有“吞吐性”地配置资源结构，以多种形式、多种渠道增加奶牛数量，通过购买、自繁选育、选留，推广人工授精及胚胎移植新技术等方法。针对厂房少的问题，蒙牛开始大批量地盖全球样板工厂，并且建立国际示范牧场；针对市场开发问题，蒙牛打出了“一杯牛奶强壮一个民族”

的口号，还赞助“超级女声”使其为蒙牛造势。结果，2006年蒙牛销售总额达到了162亿元，远远超过100亿的目标，成为中国乳液的冠军。

我很佩服牛根生的勇气和魄力，但同时我也觉得牛根生是个幸运儿。我相信运用“目标倒推法”失败的案例远远多于成功的案例。对于战略目标的制定，特别是年度目标的制定，我更赞赏SMART原则。

SMART原则由5个英文单词构成：Specific（明确具体的）、Measurable（可衡量的）、Attainable（可实现的）、Relevant（与目标相关的）、Time bound（有时限的）。SMART原则强调目标的可衡量性和可实现性。当然，SMART原则经过发展，也有另一个版本，除Specific（明确具体的）、Measurable（可衡量的）、Time bound（有时限的）三条相同外，有人把A和R改为Aggressive（挑战的）和Realistic（现实的）。A（Aggressive挑战的）强调目标要有足够的难度。一个容易完成的目标，很容易让员工懈怠，对于有上进心的人而言，失去工作上的挑战性，也就失去了完成挑战后的成就感。R（Realistic现实的）是对A（Aggressive挑战的）的平衡。一个过于难的目标，会让员工疲惫不堪，如果最后没能完成任务，那对他们的信心是非常大的打击。

我们公司以前在制定年度目标时，通常采用综合平衡法，把销售部的预测、市场部的预测、老板的期望相结合，首先制定出一个现实的目标，即通过努力可实现的目标，作为绩效考核指标；另外，还要制定一个挑战性的目标，作为额外奖励，奖励增长而不是惩罚未完成。

公司目标的制定绝不能拍脑袋决策，不能仅仅体现老板的意志，而更要分析市场和销售现状和前景，分析公司的能力和发展潜力，以及资源配置和实现的可能性。“使劲蹦一蹦能够得着”，这样的目标才能落地。适当的压力可以使员工永远保持激情与活力 ，从而为企业创造出最大的效益，但压力过大就会带来负面效应。

47

慢慢走，欣赏啊

你是否许久未曾遥望星空，觅见北斗之天籁，听雨滴拍打大地，落日微服层林抒怀……

2019年，我正式结束了25年的企业生涯，步入了“退休”生活。我给自己后半生的定位是“读书、思考、写作、分享”，决心用自己的思想影响别人，影响世界。

2019年，本应该闲下来享受一下生活，但我感觉比上班还忙。坚持写微信公众号“思想者札记”，每周一、三、五晚8点发布3篇文章；坚持写微博和今日头条，每天发布一篇博文，还要与粉丝互动。值得欣慰的是，微博“思想者互动超话”阅读量超过1亿，还获得了

“2019今日头条最具人气创作者”。

2019年，我还组织京津冀等全国13个省市的60余位文友编写《诗画品红楼》，融诗词、绘画、文字品评为一体，近500页10开双色精装本《诗画品红楼》已经交稿，将于2020年上半年由北京出版社出版。

2019年，我还组织胶黏剂行业的大学教授、企业技术总监等70余位专家编写《现代胶黏剂应用技术手册》（约150万字的大型工具书），为胶黏剂行业做最后一次贡献。我深深地体会到组织协调这么多人编写一部书的难度，本计划今年交稿，估计要拖到2020年上半年。

2019年，我的关键词是“匆忙”，每当我忙得焦头烂额、头昏脑涨，累得腰酸背疼之时，总感觉有个声音在向我呼唤：“别着急，慢慢来！”2020年来临之际，我特意写了《慢慢走，欣赏啊》这首诗来提醒自己，希望我的2020以及以后的生活变得“从容”。

慢慢走，欣赏啊

你是否走得太快，甚至不曾感到自己的存在

和美好擦肩而过，生命化作狂奔的尘埃

潮水汹涌而后消失在人海

人生颇短，请放慢脚步不要急着离开

慢慢走，欣赏啊

你是否许久未曾遥望星空，觅见北斗之天籁
听雨滴拍打大地，落日微服层林抒怀
直至余晖铺满了观景台
生命不留缺憾，请放慢脚步留下你的表白
慢慢走，欣赏啊

你是否许久未曾夫妻触膝，不觉父母孤单年迈
许久未与老友举杯畅怀，纵情四海
守望孩子骑着木马旋转而来
人生尽享天伦，请放慢脚步多些关怀
慢慢走，欣赏啊

你是否已走得太远，甚至不曾记起出发时的期待
事业、家庭、健康、幸福，不可或缺关键所在
不妨回首直到重竖生命的塔台
人生不是比赛，请放慢脚步牢记初衷和挚爱
慢慢走，欣赏啊

48

如何进行有效的沟通

每个人都会受个人经验、个人成见的制约，沟通的最大障碍是自以为是。

在与家人、同事、朋友的交流中，我们有时会说急眼，争论不休，固执己见，甚至不欢而散。有效沟通的最大障碍是什么？每个人都会受到个人经验、固有观念、成见或偏见的制约，往往听不进不同的观点，我觉得沟通的最大障碍是自以为是。

人们在沟通中常犯的错误，一是自以为是，用自身的标准去衡量他人；二是沉溺于无价值的小事，以完美主义为标准要求自己，所谓的“较真”；三是先入为主，只相信自己所能弄懂的东西。

如何进行有效的沟通呢？首先，我们应该弄明白沟通的目的是什么，沟通是人际交往的重要环节，沟通的主要目的应该是听取别人的想法，表达自己的观点，求同存异，达成共识或取得一致行动。因此，有效沟通的基础是双赢思维，尊重差异，换位思考，这些都需要我们采取主动的态度，需要拥有一个宽阔的心胸。

有效的沟通应该建立在平等对话的基础上，切记高高在上，心不在焉。有效的沟通还与交流的环境、时机、沟通媒介是否恰当、时间是否充裕等因素有关。如今，E-mail、短信、微信等电子沟通方式，给人们的交流带来了很大的方便，但同时也带来许多问题，这种沟通方式听不到对方的语气语调，看不到对方的表情与动作，而最有效的沟通方式还是面对面的交流。记得有一个叫ALLS的有效沟通技巧，简单易记，对我有很大启发，分享给大家。ALLS是4个英文字母的简称，即Ask（提问）、Listen（聆听）、Look（观察）、Speak（交谈）。

（1）Ask（提问）。学会提问是保持有效沟通的前提。首先要学会用开放式的问题来获取客观的回答，如“你对这件事怎么看?”再用公开引导提问法，深入了解情况，如Fact事实？Opinion观念？ Change变化？简称FOC。接着用关闭式的问题来确认自己所得到的回答是否正确，如“你认为……是吗?”最后，再问一句“还有别的问题吗?”

（2）Listen（聆听）。聆听是沟通的基础。交流中一定要保持开放的心态，避免有选择、有偏见的听，要维持目光接触或用语气词鼓励对方，要充分理解字里行间和语气语调的“言下之意”。谈话时，不要心不在焉，或者总想着自己如何表达，或者想着事先已有答案。

繁体字“聽”充分表达了聆听的内涵，“聽”字可拆成“耳、王、十、四、一、心”，意思是以说者为王，目视对方（“四”代表眼睛，“十”表示头要正），一心一意用耳朵倾听。而简体字“听”，聆听的寓意全无，完全表现出另一种情景，自己不停地说，还斤斤计较。

（3）Look（观察）。通过非语言信号来了解人们所流露出来的真正意思非常重要。加州大学著名教授艾伯特·梅拉比恩博士，在他的著作《无声的信息》中指出：我们所沟通的信息的可信度的百分之七受语言影响，百分之三十八受声调影响，而百分之五十五是受身体语言影响。我们的头部只占身体的百分之二十，而显示的信息超过百分之八十，因此一定要注意观察对方眼神中流露出的信息，达·芬奇曾说过：“眼睛是心灵的镜子。”另外，交流中还要细心观察对方的面部表情、动作和手势及着装等流露出的信息。

（4）Speak（交谈）。交谈是沟通的关键。交谈中要学会有效反馈，鼓励对方说出内心所想。一定要心平气和，保持理性，即使你认为对方错了，也要间接地指出错处，避免使用一些讽刺的、责怪的、贬低的词句，切勿火上浇油。特别是面对一些比较顽固、保守或对你有敌意的人，一开始不要总想着证明自己，让对方心服口服，要适当地收敛一些。先解决好对方的心情问题，而后讲事实、摆道理，在适当的时候一鸣惊人也不晚。交谈中，还应避免使用命令语气，以免引起对抗。

总之，谦虚会让你与众不同，交流是一定要保持“空杯心态”。沟通中，要学会倾听，要学会提问，要学会察言观色，要学会及时反馈，要学会换位思考，要学会求同存异。要学会放空自己，放得越空，收获就会越大。

49

男人和女人来自不同星球

男人来自火星，女人来自金星。男人与女人有着不同的思维惯性，双方很容易误解，给彼此带来伤害。

关于男人和女人，有许多神话传说。古希腊神话说，起初人有四只手、四条腿和四只耳朵，一颗头颅上长着可以同时观察相反方向的两张脸，力大无穷，神通广大。这让奥林匹亚山的众神感到不安，于是主神宙斯把人分成了两半，即男人和女人，被分开的人力量和智慧都大大降低了，再也不能挑战众神。而分成两半的男人和女人都十分痛苦，到处寻找自己的另一半，幸运的会找到自己的另一半，两个人重新结合在一起，于是便有了爱情，有了家庭，幸福甜蜜地生活下去，同时也获得了强大的力量。

中国神话女娲造人，用泥捏成人后，在其中一些人身上注入了阳气——自然界一种好斗的雄性要素，于是他们就成了男人；而在另外一些人身上，又注入了阴气——自然界一种柔顺的雌性要素，于是她们便成了女人。这些男男女女围着女娲跳跃、欢呼，给大地带来了生机。但人总是会死亡的，死去一批，再造一批，那就太麻烦了。于是，女娲就把男人和女人配成对，担负生养后代的责任，人类就这样繁衍绵延下来。

透过这两则神话故事，我体会到人之所以要寻找自己的另一半，一是为了生命的完整，二是为了生命的延续。几千年来，男婚女嫁、生儿育女似乎成了人生的标配。但是，随着人类个性的解放和经济的快速发展，人们的婚育观点正发生着巨大变化。在西方发达国家，独居人数和丁克家庭逐年增多，瑞典、挪威、芬兰和丹麦等国独居的人数甚至超过家庭人数所占的比重。随着改革开放的不断深入，中国正在步西方国家的后尘。据统计，我国目前适婚年龄单身人数高达2亿。独身、不婚不育已经成为一种世界性趋势，这到底是时代的进步还是文明的畸形？

经常听到许多单身男女说：“谁会真正喜欢孤单呢？只是不想勉强自己罢了。”他们时常把“没有合适的”放在嘴边。我总觉得他们有点理想化，对恋爱的对象要求太高，美言之“不将就”，这使自己陷入一个怪圈：追自己的人看不上，喜欢的人又不喜欢自己。有些单身者原本对恋爱婚姻抱有浪漫的想法，但经历过一些挫折或者看到身边的亲朋好友经历过一些挫折后，对两性关系产生了畏惧感、厌恶感，患上了“婚恋恐惧症”。

美国人际关系与情感专家约翰·格雷写过一本书叫《男人来自火星，女人来自金星》，来自火星（以战神Mars命名）的男人与来自金星（以爱情女神Venus维纳斯命名）的女人因为互相吸引而来到地球，也可能因彼此的不同而分离。因为男人与女人来自不同的星球，有着不同的思维惯性，处理不好就容易相互误解，给彼此带来伤害。

女人对男人最大的抱怨之一，就是在她说话时，他不肯耐心地倾听，总是“开小差”。她竭力吐露内心的感受，他要么满不在乎、漠然处之，要么听完之后，马上指出她困惑或问题的症结。她不由得感到恼火，因为她感受不到男人的体贴、关心和共鸣。而男人偏偏以为，女人真正需要的，不是倾听的过程，而是解决问题的方法或方案。男人对女人最大的抱怨之一，就是女人总是试图改变他。女人深爱她的男人，就觉得有必要帮助男人成长或成熟，改进男人的言谈举止，改进他的想法和做法，经常不自觉地责备男人。而实际上，男人需要女人的认可和接纳，而不是所谓的改造。

婚姻需要经营，婚姻是一个逐步磨合的过程。林语堂说过：“美满的婚姻，不过是夫妻彼此迁就和习惯的结果。”真正的爱，是包容和信任，是体贴和陪伴；真正的爱，意味着为对方着想。

我个人认为，独身主义，不婚不育，只顾个人享乐，拟从事业和个人主义之中寻求满意生活的替代物，是对完整人生的一种逃避。人只有在结婚生育子女之后，生命才变得完整。女人一旦怀孕待产，就像进入了另一个世界，她知道有人需要她，她会在母爱中变得异常伟大。同样，一个男人，一旦儿女呱呱坠地，顿时感觉生命有了延续，便有了一种责任感，变得更加成熟起来。

50

解开“斯芬克斯之谜”

什么东西早晨四条腿，中午两条腿，晚上三条腿？谜底是“人”。

“什么东西早晨四条腿，中午两条腿，晚上三条腿?”

谜底是“人”。人在很小的时候，用“四条腿”爬；长大了，用两条腿走路；到了晚年，借助拐棍走路，也就变成了“三条腿”。

这个看似简单的谜语，却是举世瞩目的“斯芬克斯之谜”，它形象地概括了人的一生。

斯芬克斯是希腊神话中的狮身人面兽，坐在特拜城附近的悬崖上，向路人出上述谜语，如果路人猜不出，就被杀死，给特拜人造成

了灾难。俄狄浦斯猜中了谜底，斯芬克斯羞惭地跳崖而死，特拜人被拯救。

俄狄浦斯本是特拜国王拉伊俄斯的儿子，由于有“弑父娶母”的神谕，他一降生就被父亲钉住双足（俄狄浦斯乃双脚肿胀之意），命仆人扔进山谷。但心地善良的仆人却将俄狄浦斯送给了科任斯国的牧羊人，后来俄狄浦斯被无子的科任斯国王波吕玻斯收养。

逐渐长大了的俄狄浦斯偶然闻知自己非科任斯国王亲生，便去求问神谕，得知自己命将“弑父娶母”。为避厄运，他离开了科任斯，来到了特拜边境。在一个三岔路口，为争夺道路，俄狄浦斯与一位官人争执起来，他年轻气盛，一怒之下打死了这个官人。殊不知，这位官人就是他的父亲——国王拉伊俄斯，此时正要去德尔斐神庙祈求解除斯芬克斯杀人之灾。

来到特拜国，俄狄浦斯回答出“斯芬克斯之谜”，拯救了特拜城，被特拜民众拥戴为新国王，并娶王后为妻，“弑父娶母”的神谕得以应验。后来，当俄狄浦斯得知自己在不知情的情况下“弑父娶母”，悔恨交加，刺瞎了自己的双眼，离开了特拜国，流放了自己。

这个耐人寻味的“斯芬克斯之谜”，千百年来引起众多人的思考。人们不禁会问：这么简单的谜语为什么特拜民众猜不出？俄狄浦斯猜中了谜底，为什么仍然没有摆脱人生的悲剧？人们的解读各不相同。

我的理解是，众人之所以没有猜到谜底，是因为他们不是被斯芬克斯天使般的美貌迷住了心窍，就是被斯芬克斯狮身鸟翼怪异的外形而吓昏，从而丧失了理智和思维能力。法国画家摩罗1864年创作的著名油画《俄狄浦斯与斯芬克斯》，形象地刻画出斯芬克斯既令人难以抗拒的迷人的一面，又让人无比惊恐的可怕的一面。

为什么俄狄浦斯猜到了谜底仍然没有摆脱人生的悲剧？有人认为是命运在作弄人，而我认同的观点是，俄狄浦斯对“斯芬克斯之谜”的解答是表象的、动物层面的，他没有认识到“人”的本质，也没有真正认识自己。

俄狄浦斯虽然战胜了“诱惑”，拯救了特拜城，但他没能战胜“恐惧”。他不敢正视自己的身世和面临的问题，而采取逃避的错误做法，这种心智的不成熟，必然导致他的刚愎自用，结果自然无法摆脱自己悲惨的命运。

现实社会与这头怪兽何其相似！现实中存在许多诱惑（如色、权、名、利等）与恐怖（如生、老、病、死等），这是几乎所有人在斯芬克斯面前败下阵来的根源。在诱惑与恐吓双重挑战之下，许多人步了俄狄浦斯的后尘。

“早晨四条腿，中午两条腿，晚上三条腿。”这只是人的表象，而只有深入认识人的本质，才能实现美好的人生。德尔菲神庙门楣上镌刻的“认识你自己”，迄今仍是横亘在当代人类面前的一个严峻课题。

人是灵与肉的混合体，是社会关系的总和。人的身体会不断老去，但人的精神可以不断升华。人的一生应该是不断认识自我，逐步克服贪婪与恐惧等人性弱点，实现心灵自由的修炼过程。

自然界有春生、夏长、秋收、冬藏，我们也应该经营好自己的人生四季。少年时期要做好“自我认识”，努力学习；青年时期要做好“自我定位”，发挥优势；中年时期要做好“自我发展”，得心应手；老年时期要做好“自我超越”，实现精神自由。

第 6 章
自助者天助

· 自助者天助

· 强大的内心是自己的上帝

· “关注圈”和“影响圈”

· 情商：成功的关键因素

· 学会与不同性格的人相处

· 人生的三重境界

· 以出世精神，做入世事业

· 提升自己的能量层级

· 信仰是一把双刃剑

· 拯救与解脱

51

自助者天助

任何宗教最高道理都是一样的，不是神救了你，而是你自己救了自己。

微信名为“靠谱先森”的读者给我公众号留言，希望我能写一些有关现代人信仰问题的文章。说实在的，这个话题太难写，也不是一两篇文章就能讲清楚的。

先讲一个同行业朋友信教的故事。某君40多岁时，父亲因病去世，他十分伤心。不久他的弟弟又因车祸身亡，他悲恸欲绝。真是祸不单行，后来家里又接连发生了几件不幸的事，他无法承受这接二连三的打击，精神垮掉了，天天闷闷不乐。有一天下班路上，有个传教人士的一番话，使他重振精神。因为基督教信徒之间有一种互帮互助的良好传统，他经常参加教会的活动，从此变得活泼开朗，精神饱满，无论在单位还是在家里，样样表现很好。以前家务活从来不干，如今做家务、辅导女儿功课，像变了一个人似的。他的举动感动了妻子和女儿，因此一家人都信了基督教。

信仰的力量真是太强大了！我倒觉得不是耶稣救了他，而是他通过信仰基督自己内心变得强大，自己救了自己，所谓“自助者天助”。西方有句谚语God helps those who help themselves，说的是同样道理。

风平浪静时，人人都是好的水手。但遭遇大风浪，如果没有坚强的意志恐怕很难乘风破浪。生活也是如此，当人们受到挫折或打击时，当人们的意志被粉碎、精神被割裂时，人们往往求助于神或上帝。于是，神或上帝就会伴随人们，从茫茫黑夜走到黎明，使人们在失败绝望中树立信心，在人们破碎的生命中播下希望的种子，这就是信仰的力量。

宗教的本质在于为人们寻找一条能够克服日常生活的困惑和失望而达到精神安宁的道路。通过宗教信仰，人们往往能获得强大的精神力量。一个人在无助的时候，往往会发出求救的呐喊。这表明，这个人已经承认了自己的缺陷和不足，承认了自己的无能为力。这时，他会渴求神明为他减轻内心的痛苦，渴求神明填补他内心的黑洞。信仰神灵就表示你把一切困难、一切痛苦，一切无能为力的事情、无法解决的问题统统交予神灵处理。坚信神灵会保佑你，因此内心的压力获得了释放，你就会变得心里安定、信心增强、意志坚定。

弗洛伊德说过，宗教是人类心理上的拐杖。从心理学角度来说，信仰是一种心理治疗的工具，在某些虔诚教徒身上，信仰可能比治疗作用更大。所谓寻求神灵的保佑，其实是一种释怀，一旦放下，灵性就会应运而生，信心就会上来，这就是强大精神力量的源泉。

基督教信徒通过向上帝祈祷，坚信上帝、忏悔罪恶可以获得救赎。佛教徒通过修炼，相信戒除贪、嗔、痴，就可以成为觉者或智者。由于人的本性中所具有的自私、贪婪、软弱等特点，人要降伏自己的内心、获得内心的强大是很艰难的。人们往往通过宗教信仰，借助念珠、木鱼、经文等工具，通过单调、单一、不断重复的祈祷过程，使人忽略外在的变化和诱惑，久而久之，意识集中之后到达提升、扩张、超越，然后进入一个化境。感到自己和宇宙万物、跟上帝、跟佛陀合而为一，再回到这个世界的时候，就会产生一种惊人的力量。

有一种奇怪的现象，有的人研究佛学，但可能不信仰佛教；有的人拜佛求佛，但又不了解佛教，把佛和菩萨当成神来崇拜。殊不知，佛的意思是“觉悟了的人”。释迦牟尼放弃王位继承，在菩提树下冥想和苦修成佛，领悟了宇宙人生的真谛。佛是觉者或智者，而不是神。佛学其实是一种哲学，它引领人们走向精神自由和离苦得乐的智慧之路。

智慧是什么？它是一种无限的包容力，没有条条框框，没有公式，自由自在。只有这样，你才会发现宇宙和人生的真谛，你才能发现什么是真实的、正确的事。相反，一旦落入某种思想崇拜，人的心智就开始僵化、定型。佛在心中莫远求。任何宗教最高道理都是一样的，不是神救了你，而是你自己救了自己。通往智慧的道路，需要你轻装上阵，心无挂碍，没有任何思想负担，永远保持开放的心态。这样你就会感受到内心的平和、精神的强大和无限的美。

52

强大的内心是自己的上帝

此心光明，亦复何言？

——王阳明

王阳明是明代著名的思想家、政治家、军事家、教育家、文学家、书法家，堪称“六家归一”。王阳明本一介书生，却成为中国历史上“立德、立言、立功”三不朽的圣人，其创立的心学影响至今。是什么成就了王阳明？原因肯定是多方面的，我认为最重要的因素来自王阳明强大的内心，强大的内心是自己的上帝。

（1）强大的内心无须外求——“此心具足，不假外求。”

每个人生活的世界，实际上是

由你的内心决定的。强大的内心是自己的上帝，在这个世界上，只有一个人能支配你，那就是你自己。你认为你是快乐的，再苦再累你也感觉幸福；你认为自己是痛苦的，锦衣玉食你也不满足。人一生的成败，全来自自己的内心，强大的内心无须外求。凡事外求，结果只能是怨天尤人，欲逃离其中而不可得，皆因忽略了自己的内心！王阳明在龙场悟道后说："此心具足，不假外求。"

（2）强大的内心八风吹不动——"此心不动，随机而行。"

"此心不动"，指心不受外界干扰，"得、失、谤、扬、赞、嘲、忧、喜"八风吹不动。心是身体和万物的主宰，当心灵安定下来，不为外物所动时，本身所具备的巨大智慧便会显露出来。王阳明曾说过，大家的智慧都相差无几，胜负之决在于此心动与不动。"随机而动"，是指在捕捉到事物的本质而在恰当的时机行动，这是成功的关键。要做到随机而动，前提是此心不动。每当危机到来时，很多人就成了无头苍蝇，本能地东跑西撞，乱了方寸！而心一动，你看见的事物就只是你的妄念在对方身上的投射，而不是真实存在的。而只有心静神定，随机而行，才能发现事物的真相，找出解决问题的方法。

（3）强大的内心敢于担当——"静处体悟，事上磨炼。"

"静处体悟"，才能认识事物的本质。但王阳明更强调"事上磨炼"，在具体的事情上磨炼自己才能站得稳，才能静亦定，动亦定。若只爱静，遇事就会慌乱，始终不会有进步。那静时的功夫，表面看是收敛，实际上却是放纵沉沦。

王阳明是思想的巨人，更是行动的巨人。王阳明倡导“知行合一”，王阳明的一生，就是他心学的最佳代言。“知行合一”，事上练。首先要具备调查、洞悉全局的能力，然后就是敢于担当，遇到事不怕事，而且敢于迎难而上。神奇的是，你越是迎难而上，越是敢于担当，你遇到的困难就越是迎刃而解，这就是阳明心学的力量。

（4）强大的内心光明磊落——“此心光明，亦复何言？”

王阳明用明镜比喻圣人之心：“圣人之心如明镜，只是一个明，则随感而应，无物不照。”圣人的心就像明镜，清清明明，任何事物来了都可以照见，等它们去了也不留下任何痕迹。

王阳明临终时说：“此心光明，亦复何言？”这八个字，可以说是王阳明一生的概括，也是他对世人最后的教诲。内心坦荡，无有亏欠，生死无碍！世间万物都是你心的映射，心是光明的，世间一切就是积极美好的。

阳明心学立足于人的内心，是一种让人内心强大的哲学，也是帮助人走向成功、走向圣境的力量。阳明心学的核心理念是“心即理”“知行合一”“致良知”。“心即理”是开端，是起因，即意之动；“知行合一”是认知过程，是实践；“致良知”，成贤成圣，才是根本目的。人之所以成不了圣贤，是因为这些人的良知被内心的私欲所侵蚀、所蒙蔽了，所以需要去除人的贪欲，恢复良知，恢复天理。什么是天理？天理就是一颗没有私心物欲的心，心中的理其实也就是世间万物的理。

王阳明认为每个人都有良知，良知是一种不假外力的内在力量，人人可以“致良知”,“人皆可以为尧舜”。王阳明心学的独特价值在于，强调心的作用，强大的内心是自己的上帝，创造力全在于人的内心，人的心智构成了人与人之间的唯一差异。对于一个人来说，心境澄澈，则心无挂碍，才能达到大境界。

53 “关注圈”和“影响圈”

“关注圈”太大，必将影响到你的工作和事业，影响到你的休息与健康，影响到你的家庭与亲情，从而缩小你的“影响圈”。

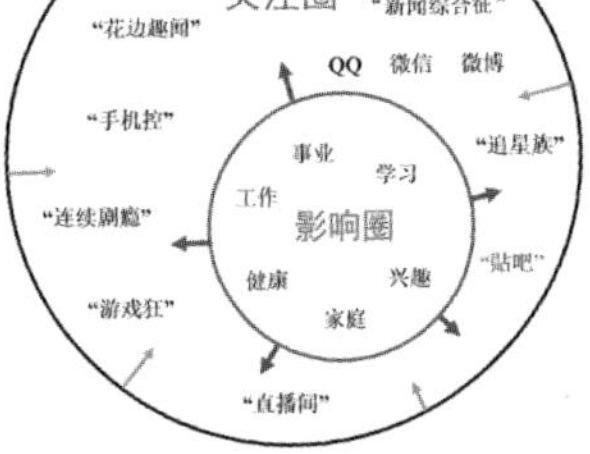

“关注圈”是指我们日常所关注的事情，如健康、家庭、事业、环境、时事、新闻、娱乐、八卦等等；而“影响圈”则是在我们的“关注圈”之内、个人能力所能影响的事情。

如果一个人专注于“影响圈”，专心做自己力所能及和发展自己潜能的事，那么他的能量就是积极的，自己的影响力就会不断扩大。反之，如果一个人的“关注圈”太大，紧盯外部琐事、他人的缺点以及自己无法改变的事情不放，他就会越来越怨天尤人。

错误的关注产生了消极的能量，再加上对自己所能影响事情的忽略，从而造成了自己“影响圈”的日益缩小。

我是“关注圈”和“影响圈”概念的受益者。2000年，世纪之交，人们都在回顾过去，规划未来。我也在反思自己这辈子最想干的事到底是什么？经过反复思考，我决定在自己的后半生从事写作工作，立志用自己的思想影响别人，影响世界。但我是个“理工男”，当时没有一点写作基础。

2001年，我看了史蒂芬·柯维所著《高效能人士的7个习惯》一书并参加了公司组织的培训，深受书中“关注圈”和“影响圈”概念的影响。之后，我逐步缩小了自己的“关注圈”，工作之余把时间放在了阅读与练习写作方面，文学、艺术、历史、哲学、宗教无所不读，并要求自己每个月练习写一篇文章。

阅读是写作的基础，俗话说：“读书破万卷，下笔如有神。”经过十几年的坚持和努力，如今，当我拿起笔时，有那么一点点感觉了。

“不出门，知天下。”在“移动互联网”时代已经变成了现实。信息化给我们的学习、工作和生活带来了极大的方便，也大大丰富了我们的业余生活。真可谓“手机在手，天下在握”。

互联网上充满五光十色的声像，让人不睹不快，一个人说他离开电脑去睡了，却经常是去躺在床上继续看手机。各种数码设备每天陪伴着人们，填补了原本用来空虚、无聊、发呆的时间，甚至侵占了原本应该用来工作、交谈、睡觉的时间。网游里有最性感的虚拟女友，微博可以引来数万人关注，网络直播间24小时开播，网上商城24小时不打烊，只要绑上银行卡，你可以待在家中不用出门……

如今总觉得人们的“关注圈”似乎太大了。“家事国事天下事事事关心”，“新闻综合征”成了现代人的通病。手机不离手，否则就心烦意乱。

有些人成了“手机控”，有些人成了“电脑控”，有些人成了“电视控”。QQ、微信、微博、连续剧、游戏、追星、花边趣闻、直播间、贴吧等占据了人们本应该学习、锻炼、休息以及和家人团聚的时间。

近年来，我也深受“移动互联网”的影响，被朋友拉进的微信群有几十个，我自己作为群主的微信群也有五六个，还关注了十几个微信公众号。阅读太多，老感觉头晕眼花，视力下降，脖子僵硬……

“关注圈”太大，必将影响到你的工作和事业，影响到你的休息与健康，影响到你的家庭与亲情，从而缩小你的“影响圈”。

一个人应把有限的精力放在最能决定自己命运的事情上，不要把时间放在窥探他人的隐私、网络的闲扯，更不能把自己过多地纠缠于世界的悲剧、人生的不公、他人的错误而不能自拔，要把时间和精力放在个人能力提升、身体健康、家庭和事业之中。

世界的诱惑太多，我们能够把握的东西太少。在“移动互联网”的今天，要想缩小自己的“关注圈”并非易事。

我们没办法改变他人与环境，但我们可以改变自己。只要你拥有自己人生的大目标，以主动积极的态度，把自己的时间和精力放在与大目标相关的事情上。经过不断努力，我相信，多年以后，你会有一种脱胎换骨的感觉——你的人生改变了，你的影响力扩大了。

54

情商：成功的关键因素

智商决定录用，情商决定晋升。情商是决定一生成败的关键因素。

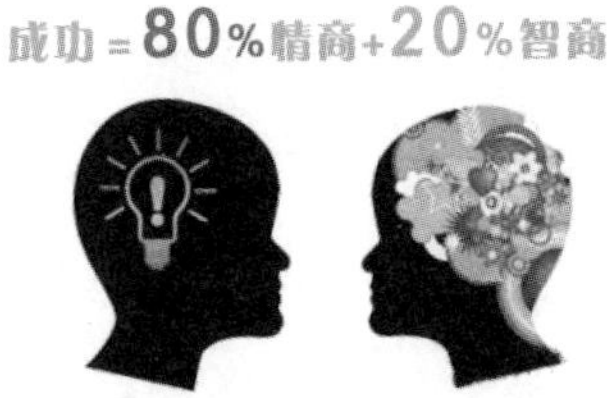

“情商”（EQ）是与智商（IQ）相对应的概念，主要指人在情绪、意志、耐受挫折等方面的能力。人们总认为，一个人能否在一生中取得成就，智商是第一位的，即智商越高，取得成就的可能性就越大。但最新的研究显示，一个人的成功，只有20%归之于智商，80%则取决于情商。

有人把成功SUCCESS一词分解为：S=Sense of direction方向感；U=Understanding人际沟通；C=Courage勇气；C=Charity

宽容，接受一切；E=Esteem尊重；S=Self confidence自信；S=Self acceptance接受自我。这是成功的7大秘诀，一个人的成败与其志向、胆识、学识、信心、挫折承受力、人际沟通能力等因素密切相关。这与“情商”的内涵，即人在自我认知、情绪管理、挫折耐受、理解他人、人际交往等方面的能力十分契合。

有这样一种说法：一个班里30名同学，工作几十年后发现，最有出息的往往不是成绩最好的前几名同学，而是成绩中等、综合素质好的中间几名同学。这充分说明智商在人生成败中不是第一位的，情商才是决定一个人一生成败的关键因素。智商决定录用，情商决定晋升。一个好的分数，一个名牌大学文凭有助于你找到一份好的工作，但是影响和决定一个人职业发展的关键因素却是情商的高低。

情商高的人之所以能够取得成就，是因为他们对自己有清醒的认识，有明确的目标，有很强的挫折承受能力，无论遇到何种境况，都会坚持下去。他们自信而不自满，自制力强，尊重他人，能够最大可能地理解他人的需要，并且在合作中求同存异，人际关系良好。

情商低的人之所以会失败，是因为他们的自我认知差，无确定的目标。他们生活无序，自制力差，胆小怕事，推卸责任。他们心理承受能力差，缺乏自信，爱抱怨，对生活总是悲观失望。他们说话做事时从不考虑别人的感受，处理人际关系能力差。

家庭与学校教育对一个人情商的养成有着至关重要的作用。我国的家庭与学校教育存在明显的问题：农村留守儿童现象造成孩子从小就缺少父母的关爱，会给孩子的心理留下阴影；城市独生子女娇生惯养，太多的溺爱造成许多性格缺陷。学校教育更是强调学习成绩而忽视情感教育，高考只强调总分数，学校只顾排名。这种模式培养出的学生，往往很自我，挫折承受能力差。这也是造成青少年自杀率大幅提升的原因之一。

望子成龙、望女成凤是每一个家长的心愿，作为一个关爱孩子健康成长的家长，要充分认识到情商对孩子一生成败的影响。不能只把目光放在孩子学习的成绩和特长上，而应该更加重视孩子的心理素质培养。无论是父母还是学校都应该重视孩子的情商教育，我觉得应该着重加强以下几方面心理素质的培养。

（1）积极的心态。心态决定一切，有良好的心态，才有美好的人生。要培养孩子积极的心态，对学习与生活充满热情。

（2）包容心。心有多大，眼界有多大，舞台就有多大。一颗具有包容的心对人一生的成就与幸福有着重大影响。

（3）责任心。要培养孩子的责任心，敢作敢当，不推卸责任，遇到问题，分析问题，解决问题。

（4）挫折承受力。人的一生不可能一帆风顺，挫折承受力对一生的成长至关重要，要学会栽倒了再爬起来。

（5）良好的沟通能力。沟通的最大障碍是以自我为中心，要学会换位思考，善于聆听，尊重别人。要学会理解他人，坦诚相待。

情商虽然在青少年时期已基本成型，但人的一生中，情商都是可以改进的，是可以大幅提升的。因此，我们必须重视情商的培养与提高，情商不仅仅关乎人一生的成就，一个人能否拥有幸福而美满的婚姻及家庭生活，能否拥有健康和快乐，也全都取决于一个人的情商。

55 学会与不同性格的人相处

一个优秀的团队需要不同性格的人。

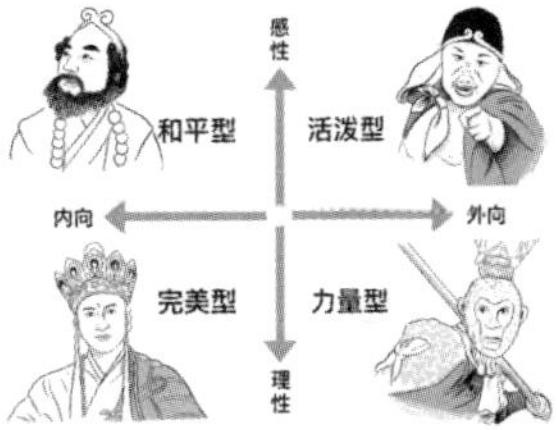

有很多种性格分类方法，而四型人格是最简单易记的分类方法之一。古希腊医生希波克拉底最早提出人的气质分为多血质、胆汁质、抑郁质、黏液质四种类型。美国知名心理培训师弗洛伦斯·妮蒂雅女士根据希波克拉底的学说，发展出一套轻松易懂的性格分析系统，把人的性格分为四种基本类型：活泼型（S）、力量型（C）、完美型（M）、和平型（P），每种类型性格的特征如下。

活泼型（S）：爱说话，大嗓

门，感染力强；喜欢颜色艳丽的服装和夸张的饰品；喜欢揽事情，爱热闹，也比较善变。最大的问题是情绪化，缺乏行动力，缺乏耐性和坚持。

力量型（C）：表情严肃，独立、自信；天生的领导，精力旺盛，临危不乱，工作狂；脾气倔强，打死也不会认错。最大的问题是好胜心太强，不会放松、减压。

完美型（M）：有条理，爱干净，爱分析，工作认真；爱挑毛病，疑心强，要求每件事情都做到完美。对配偶、孩子、自己都要求非常严格，最大的问题是会给身边的人造成压力。

和平型（P）：面容祥和，善于聆听；常常为了顺应别人调整自己；观察力强，冷静，耐心，持之以恒。最大的问题是缺少热情，最大的特点是没有明显的缺点。

对比来说，活泼型的人，总是在说，自制力差；力量型的人，总是在做，但太固执；完美型的人，总是在想，还常往坏处想；和平型的人，总是在看，有时让人觉得没出息。

国内有人把这四种基本性格与唐僧师徒四人相联系，虽然有些牵强，但很有趣，便于联想记忆。猪八戒属于活泼型，滑稽、热情、多变；孙悟空属于力量型，坚定、果断、自负；唐僧属于完美型，细致、敏感、悲观；沙和尚属于和平型，平稳、随和、寡言。唐僧给人的感觉很固执，孙悟空给人的感觉很强悍，猪八戒给人的感觉很滑稽，沙和尚给人的感觉不想事。唐僧生气时一个人伤心，猪八戒生气时一会儿就好，孙悟空生气时会毁灭一切，沙和尚生气时你还不知道。

人的性格其实很复杂，一个表面看似平和的人，内心可能很活泼。一个人的天性往往在其成长过程中受到压抑，被戴上性格的面具。一个人的性格往往是四种基本性格的混合体。认识自己与别人的性格，可以帮助你提高与人相处的技巧。

如果你是活泼型的人，你要学会控制自己的表现欲，要学会关注别人；如果你是力量型的人，你要学会停止支配他人，要学会说“对不起”；如果你是完美型的人，你要学会放松些，不要对别人提太多不切实际的要求；如果你是和平型的人，你要学会热情起来，不要总是顺从别人，要学会说“不”。

不同类型性格的人相处，有的会相互欣赏，有的会相互排斥。完美型的人认为活泼型的人说话不算话，活泼型的人认为完美型的人过于较真；力量型的人认为和平型的人做事不知急，和平型的人认为力量型的人过于暴躁。活泼型的人欣赏和平型的人做人很厚道，和平型的人欣赏活泼型的人天生浪漫；力量型的人欣赏完美型的人做事很认真，完美型的人欣赏力量型的人敢作敢当。每种性格都有优点和缺点，因此人际交往中既要学会求同存异，又要学会性格互补。要学会与活泼型的人一起快乐，承认他们善于变化，说话没谱；要学会与力量型的人一起行动，要理解他们的固执，要知道他们经常是对的；要学会与完美型的人一起统筹，理解他们会追求尽善尽美。要学会与和平型的人一起轻松，多鼓励他们承担起责任。

一个优秀的团队需要不同性格的人，每个人扮演好自己的角色，团队就会取得最佳业绩。《西游记》师徒四人就是最佳团队组合。唐僧让团队变得向上，悟空让团队变得灵活，八戒让团队变得快乐，沙僧让团队变得冷静。唐僧目标明确（取经），有授权；悟空敢于创新，有冲劲；八戒善于监督别人，沟通能力强；沙僧是实干家，埋头苦干。

56
人生的三重境界

看山是山，看水是水。
—— 宋代禅宗大师青原行思

谈到人生的境界，我最欣赏西方近代哲学家尼采的“精神三变”和我国宋代禅宗大师青原行思提出的“参禅的三重境界”。

首先谈一下尼采的“精神三变”：骆驼、狮子、婴儿。

第一，骆驼。骆驼是沙漠之舟，可以在艰苦的环境下生存。一个人生下来之后就像骆驼，背负着传统的包袱，就像小孩子背着大书包去上学，太形象了！传统未必不好，但是传统的内容不是你能选择的，而是你必须接受的，于是传统就变成了包袱。

第二，狮子。狮子是百兽之王，具有强烈的生命力与开创的勇气。狮子的比喻，就好像人的奋斗，要打破传统的束缚，任何环境都无法阻碍它前进的步伐。但狮子只知进不知退，而一个人最重要的是能回归自身，因此需要从狮子变成婴儿。

第三，婴儿。婴儿代表一切可能性的开始，具有各种潜力。不是小孩无知、幼稚，而是小孩子具有完整无瑕的心灵。这与孟子的“大人不失赤子之心”和老子的“复归于婴儿”殊途而同归。

再谈一下我国宋代禅宗大师青原行思提出参禅的三重境界：参禅之初，看山是山，看水是水；禅有悟时，看山不是山，看水不是水；禅中彻悟，看山还是山，看水还是水。我们可以把它看成是人生的三种境界。

看山是山，看水是水。一个人刚来到这个世界，内心是纯洁无暇的，眼见为实，认为眼睛看到的东西就是真实的。

看山不是山，看水不是水。随着年龄渐长，世事经历渐多，发现这个世界越来越复杂，善恶是非共存。你会这山望着那山高，喜欢争强好胜，爱出风头，看什么都不顺眼。

看山还是山，看水还是水。这是一种洞察世事后的返璞归真，但不是每个人都能达到这一境界。

东西方大师对人生境界的理解有着异曲同工之妙。人的一生要想活得有意义，有价值，就要不断地反省自己，提高自己的人生境界。我个人觉得，要想提升自己的人生境界，实现美好的人生，需要解决三大问题，完成三大任务。

人生需要解决的三大问题是生存、发展和自我实现。

生存：生存是基础，人生首先解决的是“养家糊口”问题，它是一切问题的基础。但人不能只停留在这一阶段。

发展：在解决好生存问题之后，人更重要的是不断探索，不断发展自己，找到自己擅长的领域，干自己喜欢的事情。

自我实现：人生最大的悲哀是没能发挥自己的天赋、过自己真正想过的生活，而是在满足社会标准或迎合他人。人生的最高境界应该是自我实现，发挥自己的最大潜能。

人生需要完成的三大任务是自我认识、自我成长和自我超越。

自我认识：希腊德尔斐神殿上刻有：“认识你自己。”认识自我最难，要认识自我，需要弄清三个问题：我是谁？人是什么？我要成为什么样的人？弄清楚自己想要的到底是什么？尼采说得好：“一个人知道为了什么而活，他就能忍受任何一种生活！”

自我成长：人生要把握好方向，在自己擅长的领域不断发展，在科学、艺术、哲学等领域不断探索，求真、求美、求善。

自我超越：为何要超越？因为人生不完美，生命无常，人追求幸福。人的伟大在于心灵，人只有从“小我”到“大我”再到“无我”不断地超越，才能达到更高的人生境界。

在成长的过程中，如果人能不断反省，对世事、对自己有一个清晰的认识，知道自己想要的到底是什么，专心致力于自己应该做的事情，而不被外界和旁人所干扰，以出世的精神做入世的事业，你就会变得洒脱而坦然，向着理想的人生迈进。

57
以出世精神，做入世事业

如果你执着于某种东西，你的心智就会僵化，有时会钻进牛角尖出不来。

何为“出世精神”？它能给我们的人生带来什么影响？如何践行“以出世精神，做入世事业”？

“世”是指凡尘俗世，也就是我们生活的世界。我们生活的现实世界，充满了善，也充满了恶；有亲情、友情、爱情，也有尔虞我诈、恩怨情仇……在这个世界中，人被视为万物的主宰，人充满了七情六欲，充满了贪婪与恐惧，追求着功名、财富、权力……存在着利害、得失、对错、成败、生死、斗争甚至战争。

所谓“出世精神”，就是要超越尘世中人的各种欲望和成见，淡化对功名利禄的追求，以一颗平常心看待世界。所谓“入世事业”，我觉得不光是指我们为之奋斗的事业，还应该包括爱情、婚姻、家庭、友情等一切社会关系。

当局者迷，一个人入世太深，久而久之，就会陷入烦琐的生活末节之中，执着于地位，执着于财富，执着于名望，执着于理论，执着于事业，执着于情感，执着于信仰……就会把利害关系看得过重，注重现实，囿于成见，因此就难以超脱出来而冷静全面地看问题。一个人做事的目的性越强，痛苦就会越多，效果反而越差。人往往以自我为中心，也就难有什么大的作为。“以出世精神，做入世事业”，以平和的心态对人，以不苛求完美的心态对事。站得高一点，看得远一点，把对错、得失看得淡一些，排除私心杂念，建立双赢思维，换位思考，做事就会事半功倍。唯有大量者，才有大格局，方能成就大事业。

在当今充满竞争的社会中，太多的人为了功名利禄疲于奔命，个个都是“压力山大”，许多人为情所困、为名利所缚而不能自拔，因此抑郁症增多，自杀率上升。“以出世精神，做入世事业”，就是在为我们的心灵减负。以一颗平常心行事，从容地对待世事变化，我们的脚步就会变得轻快，办事效率反而更高，更容易获得事业的成功，获得人生的幸福，获得满意的家庭生活。

如何践行“以出世精神，做入世事业”？我觉得关键是要对人生有一个正确的认识，从心理上放下执着。曹丕诗曰：“人生如寄，多忧何为?”一个“寄”字让我茅塞顿开。人只是暂时（临时）“寄存”在地球上，房子再大，财产再多，地位再高，名声再响，百年之后都不是你的。一个“寄”字，让我意识到，人生一世，没有什么放不下的。

《金刚经》曰：“一切有为法，如梦如幻，如露亦如电，应作如是观。”人生百年，在茫茫的宇宙中只不过是一瞬。世事无常，世界上的一切都是因缘和合而成，本无永恒存在。因此，山河大地也就有了沧海桑田之感。世间的一切物质和现象如梦幻泡影，瞬间即逝。践行“以出世精神，做入世事业”的关键如《金刚经》所说“应无所住而生其心”，要彻底放下执着，“住”就是停留，就是执着。唯有不住相、不偏执，坚持中道，才能把握事物的本质。

人类的所有烦恼和纷争都是由“执着”引起的，我们常常执着于一个人，执着于一种观念，执着于一种思想，执着于一种信仰。因为执着，所以放不下；因为执着，所以会痛苦。如果你执着于某种东西，你的心智就会僵化，有时会钻进牛角尖出不来。就好像在生命的急流之外，你为自己挖了一个小水坑，你在这个小水坑里面呆滞。而只有当你离开了你为自己挖掘的水坑，进入生命之河时，才能发现人世间的真相。只有当你彻底放下了，不是在口头上，而是在内心真的放下了——人类的贪婪、恐惧、欲求和超凡入圣的向往之后，独立的头脑和心灵的自由才会出现。而一个独立头脑，恰恰是有创造力的关键。

宋代无门禅师慧开有一首著名的诗偈:“春有百花秋有月，夏有凉风冬有雪；若无闲事挂心头，便是人间好时节。”诗里的“闲事”指的是什么？我的理解是指人的“分别”心，或者说“执着”心，人如果没有了“分别”心，放弃了“执着”，就可以获得心灵的自由，就会获得更大的成功，获得更多的幸福！

58

提升自己的能量层级

人活一辈子，身体会不断老去，但精神可以不断升华。

心理学家、精神治疗师大卫·霍金斯提出的“人类意识能量层级图谱”让我耳目一新，我把图谱由低到高的提升概括为由“小我”到“大我”再到“无我”的金字塔模型，并把“无我”作为自己的终身追求。

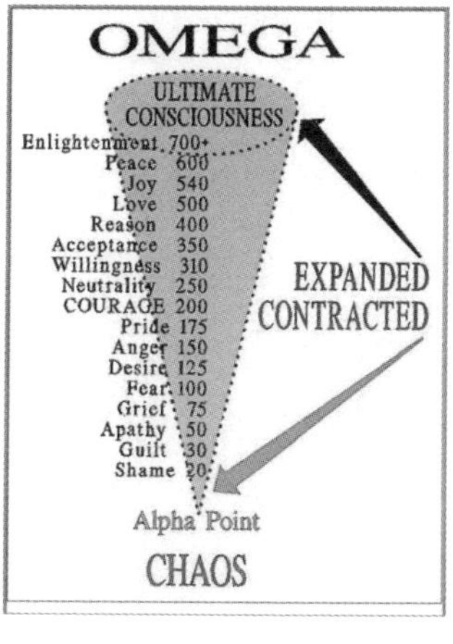

在霍金斯的“人类意识能量层级图谱”上，有两个关键性的能量支点：一个是能量为200的勇气层级，一个是能量为500的博爱层级。我把人类意识分为三种境界：能量低于200的人处于“小我”境

界，能量在200~500之间的人处于“大我”状态，而能量在500~1000的人处于“无我”境界。

能量在200以下的人，总是以自我为中心，活在“小我”之中，他们消极、被动，内心缺乏能量，认为自己是受害者，总感觉生活无助，任凭命运摆布。到了能量为200的勇气层级，人开始为自己的行为、信念负责。勇气是拓展自我、能够作出决策和获得成就的基础，能够把能量回馈给社会，有相互依存和双赢的感觉，开始向“大我”迈进。

世界上只有百分之十五人的能量值在临界点200之上。如果一个人能够真正摆脱低于200的能量层级，不再以自我为中心，而是有意识地去选择一种友善、真诚、善良和宽容的生活态度，就能够攀升到更高的意识层级。当能量提升到350的宽容层级，个体不再为谁对谁错斤斤计较。在这一水平，人不再相互对立，而是致力于解决问题。

到了500的博爱层级，人开始接受仁爱与宽恕作为一种生活方式，开始迈向“无我”状态。正如意识层级以200为关键的临界点一样，到了500这一能量层级，人的意识向前迈了一大步。在这一层级，尽管生存依然重要，但是人的一切行为都带有了博爱色彩，创造力得到了充分的发挥，并伴之以担当、奉献和人格魅力，爱变得无条件、无国界。在这一层级，从体育运动到科学研究，成功人士在各个领域随处可见，他们的行为动机都是无私的，并按照原则行事。伟大的艺术家、科学家、哲学家都处于这一层级。

超越了500这一能量层级，物质财富和世俗的需要就变得无关紧要。人开始显得友善，而对身外之物无动于衷，面容上闪耀着岁月赋予它的智慧和真诚的光芒，超然如闲云野鹤。到了能量为600的平和这一层级，主客体之间的界限已经消失，这一层级的个体，已经超越了世俗的羁绊，在这一层级的人都是人类灵魂的导师，他们是孔子、苏格拉底…… 世界上达到500能量层级以上的人仅为百分之零点四，而达到600能量层级以上的只有千万分之一。

能量700~1000为开悟层级，这是人类意识的顶峰，在那里人与宇宙融合。这些人的诞生，形成了影响全人类的引力场。在这一层级的人，具有强大的感召能力，像太阳一样光芒万丈，他们的能量场影响了整个人类。在人类历史记载中，到达这一境界的人，被称之为“救世主”，他们是佛祖、耶稣……

通俗来讲，“小我”是凡事先想对自己是否有利；“大我”是凡事考虑自己，更要考虑别人；“无我”单从字面上看会看成“没有我”，其实是“无限的我”。以自我为中心的“小我”，很少会顾及他人的感受，往往混成“单枪匹马”，结果一事无成。合力做事是“大我”，个体不再斤斤计较于谁对谁错，不再相互对立，而是求同存异，大家共同受益，共同发展，是包容的心态；最高境界是“无我”，是融合和博爱的心态。在遇到问题时，“小我”会与对方争执，把责任推给对方；“大我”会分析问题，承担责任，最终解决问题；“无我”会忘掉自己，把所有的众人当成自己，爱变得无条件、无国界，终究成佛，普度众生。“无我”是一种威力无穷的能量、无穷的悲悯、无限的温柔和无尽的爱意。“无我”是一种纯粹意识状态，是一种永恒的感觉。

人活一辈子，身体会不断老去，但精神可以不断升华。人应该不断提升自己的能量层级，实现由“小我”到“大我”再到“无我”的自我超越。

59

信仰是一把双刃剑

信徒容易丧失主体性，也容易产生偏执。

人的高贵之处在于思想，人既能观察世界，又能反省自身。但思想也会带来痛苦，当人认识到生、老、命、死不可避免时，痛苦就产生了。死后的世界到底是什么样子的？是阴森恐怖还是充满鲜花？社会为什么有那么多的不幸或灾难？许许多多的困惑，现实世界无法提供明确的答案，因此宗教就产生了。

宗教为人们提供了一种解释性框架，人从哪里来？又到哪里去？“创世论”“六道轮回”“死亡救赎”

都为不同的信众提供了答案。在信仰的过程中，信徒会感觉到一种与神同在的体验，发现自己不再孤单。

宗教也为人们提供了一个脉络，可以为信徒提供生活的意义、人生的目标与路径，使信徒能够更好地面对不利的情形，或是神的保佑，或是神的意旨，信徒感觉任何事情都有了方向可依循。

拥有信仰是美好的，信仰可以使一个人的言行得到约束，也可以使一个人的灵魂得到升华。对神的信仰，可以使人产生敬畏。基督教的“天堂地狱”和佛教的“六道轮回”都起到了惩恶扬善、约束人类行为、提高道德水平的作用。

当你痛苦时，信仰会赋予你力量，帮你渡过难关，使你更加坚强；当你快乐时，信仰让你心怀感恩，使你热爱生命，珍惜每分每秒，善待身边的每一个人。

但信仰是一把双刃剑，宗教的全部危险在于它的独断论和对人思想的控制。信徒们容易丧失主体性，也容易产生偏执。你一旦声称自己是一名印度教徒、伊斯兰教徒，或是犹太教徒、基督教徒，或是其他任何称谓，你就已经把自己和其他教徒做了区分。所有的区分，不论内心的还是外在的，都会引发争论，也容易为世界制造争端，历史上许多战争都是由宗教冲突引起的。

有一个错误的认识，一些人认为近代西方世界的文明与富强源于基督教信仰。事实正好相反，翻一下历史就可以知道，近代西方世界的崛起伴随的是启蒙运动和工业革命，这恰恰是欧洲对中世纪宗教约束的逆反。所谓启蒙，即在人的精神上点亮一盏灯，每个人都存在于社会中，同时又都有着特殊的立场。启蒙运动告诫大众用理智驱除迷信和轻信。

众所周知，欧洲人信仰最虔诚的中世纪是最黑暗的时代，时间长达千年之久。这个时期的欧洲没有一个强有力的政权来统治，频繁的战争、科技发展的停滞和黑死病的广泛蔓延带来毫无希望的痛苦。强大的教会从思想上完成了彻底的独裁，其间多次十字军东征造成了旷日持久的基督教徒与穆斯林之间的仇恨和敌对。

启蒙运动最主要的假设被恰如其分地称作“实证主义”，主张一种信念只有在一个拥有充分证据、论据或理由时，这个信念对他才是合理的，这就是所谓的科学精神。而宗教信仰的核心是信，坚定不移和不加质疑的相信，它不是建立在可以通过批判、论证之上。文艺复兴以来，西方的文明与强大源于科学、民主、法制以及市场经济制度，并非源于宗教信仰。

信仰是一把双刃剑，我们既不能忽视宗教的影响，也不能夸大宗教的作用。近年来，许多人把中国经济发展过程中出现的一些假冒伪劣、贪污腐败、网络诈骗、拜金主义等道德滑坡现象归咎于中国人信仰的缺失，我觉得这种观点有些偏激。道德滑坡现象是市场经济发展过程中必经的阶段，具有基督教传统的西方发达国家在资本主义发展初期也都出现过类似现象，后来通过健全法制，建立信誉机制，才逐步建立起市场秩序。市场经济发展需要健全的法制来配合，中国法律不健全，有许多特权与不公，又缺少有效的监督机制，违法成本太低，是造成道德滑坡现象的重要原因之一。中国需要启蒙，需要消除特权，需要清除众多的封建余毒，需要注入更多现代公民精神、现代文明元素。只有在公平、公正、民主、法治的社会环境下，犯罪才能减少，公民素质才能提高，和谐社会才能建立。

60
拯救与解脱

佛陀的开悟与基督的牺牲恰是人类两种极限体验。

佛陀与基督，是人类历史上影响力最大的两位圣人。寺庙与教堂遍布东、西方世界，佛陀莲花座大彻大悟和基督十字架上牺牲的形象，已成为人类自救和拯救的整体象征。

如果十字架代表痛苦，那么大彻大悟则代表喜悦，佛陀的开悟与基督的牺牲恰是人类两种极限体验。基督在痛苦中期待着重生，佛陀在彻悟时忆起了痛苦。在完全倾空自身之际，两者皆透彻地领会到绝对的真实。基督，以最羞辱的死

亡方式，伸展着双臂救赎人类；佛陀，以至高无上的觉悟，解脱人类之苦并渡人于彼岸。

《新约》里说，耶稣生于公元前4年的伯利恒，降生在远离其家的马厩里，他的父亲是一位木匠。耶稣从小就知道自己的使命，曾于12岁时随约瑟和马利亚去耶路撒冷圣殿。耶稣在30岁时，在约旦河谦卑地在施洗约翰处受洗，之后召门徒开始传教，传扬福音。33岁时，耶稣被12门徒之一的犹大出卖，被罗马当局判处死刑，在耶路撒冷的城墙外，被钉死在十字架上。耶稣死后第3日复活，多次向他的门徒显现，证明自己受天父的嘉许而掌权，并在复活后第40日升天。

佛陀姓乔达摩，名悉达多，是释迦部落乔达摩家族国王的儿子，据说佛陀生在宫殿旁的花园里。乔达摩结过婚，育有一子。乔达摩大约29岁的时候，抛弃了世间的繁华进行了多年的苦行，35岁时，在恒河附近菩提树下通过冥想大彻大悟。开悟后，释迦牟尼主要在恒河流域向来自社会各个阶层的人讲道。大约80岁时，释迦牟尼很可能是因食物中毒，在众弟子的环绕中，在一片祥和之中去世。

佛陀打坐的姿态呈三角形，它象征着安稳，圆满；基督的十字架高高竖起，向左右延伸，寓意基督借自己的死救赎世人所犯的罪。基督要求人们站起来，以他的名义站起来；佛陀教导人们坐下，坐下来沉思。

佛陀的眼光看向自身，超越纷纭的存在支流，抵达世界的本性；基督的眼光朝向世界，怜悯着作为芸芸众生的个体；佛陀在成为永恒的现在，微笑；基督从历史的支点上，喊出了他最后的话语。

佛教徒说“阿弥陀佛”，意思是佛在我心中；基督徒说“阿门”，意味着上帝与我同在。基督和佛陀分别以“原罪说”和“无常说”教导人们获得新生之路。

基督教告诉人们，人生来即有罪，只有相信上帝，用一生去忏悔、赎罪，死后才可能进天堂，否则就会下炼狱。由于不按上帝的意志行事，人总是以自我为中心，变得损人利己，以获得自身的安全，因此人充满焦虑又满怀罪恶感。基督允诺将世人从罪恶中拯救出来，上帝会宽恕悔罪的人，所以要爱你的上帝，要爱邻如己。

佛陀告诉人们，世事无常，万物转瞬即逝，如雷如电，如梦如幻。而世人总是被贪欲、爱恨、虚妄等幻象所蒙蔽，包括我们自身。于是，我们便在无知之中被消耗。佛陀教导人们认识人间之苦并寻求解决之道，戒“贪、嗔、痴”，修“戒、定、慧”。佛陀相信：“一切众生，皆有佛性，有佛性者，皆得成佛。”

佛陀和基督要求我们的其实只是一样东西：我们的自我。对佛陀来说，所谓持续的、独立的自我，完全是彻头彻尾的虚妄，只有心无挂碍，放下自我，才能大彻大悟。基督要求彻底的转变，基督说：“若有人要跟从我，就当舍己，背起他的十字架，来跟从我。”使徒保罗就是这样做的，他说：“现在活着的不再是我，乃是基督在我里面活着。”

佛陀和基督，一个是觉悟，一个是拯救，殊途而同归。一个是向内，一个是向外，目的地是无我之境。在佛教，是涅槃，不再进入生死轮回；在基督教，是天堂，不再与上帝分离。如果基督教是在祈求凭借救世主、绝对的神的力量来拯救人类，佛教则是深入渗透到非神的自我中，在无限广阔的自我宇宙中得到觉悟、自我拯救，即凭借自己的力量拯救自己，获得自由、平和。

第7章

幸福的蹊径

- 幸福至上
- 幸福三要素
- 越宽容，越幸福
- 幸福人生是有意义的人生
- 幸福的蹊径
- 只有一个人生
- 积极心态的力量
- 拿得起，想得开，放得下
- 生命之树和知识之树
- 新春送福：幸福的秘密

61 幸福至上

“幸福至上”就是把追求幸福放在首位，把幸福视为终极财富以及所有目标的终极目标。

当今社会，人们普遍受到“物质至上”观念的影响，选择工作时，总是把重点放在薪水的多少以及升职的可能性上面，而不是放在能否真正发挥自己的潜能上。“物质至上”带给人们的是对物质的疯狂追求，现代人似乎成了物质生活的奴隶。在追求财富、地位、名誉的过程中，人人感觉“压力山大”，焦虑症和抑郁症急剧上升就不足为怪了。

如果人们认为物质的满足就能带来幸福，如今许多人都已经富有，为什么还是不快乐呢？人们对幸福的追求，往往找错了方向，越是追求物质，越是徒劳无益。财富只是帮助人们增加幸福感的一种工具，幸福需要内在价值观的支撑。

在人生短暂旅途中，如果我们要想过得有意义，活得轻松自在，获得更多人生的体验，我们必须从“物质至上”的观念转变为“幸福至上”。“幸福至上”并不是要我们摒弃拥有物质、名誉、地位，而是把它从第一位移开。

“幸福至上”就是把追求幸福放在首位，把幸福视为终极财富以及所有目标的终极目标。幸福的生活不仅在于追求快乐和意义，还在于发挥人的优势。哈佛大学泰勒·本·沙哈尔博士提出的MPS（Meaning意义、Pleasure快乐、Strengths优势）幸福模型很值得我们借鉴。

泰勒·本·沙哈尔博士认为，快乐和意义，就像短期利益（当下的幸福）和长期利益（未来的幸福）一样，可以相互促进。当我们对自己的行为心存使命感的时候，我们能获得更大的快乐；而在我们从事的工作中寻找快乐，也可以加深其意义。持久的幸福总是伴随着人们能够充分发挥自身的才能，而人生的不幸在于未能充分利用自己与生俱来的天赋。泰勒·本·沙哈尔博士用四种汉堡比拟四类人生模式。

第一种汉堡：口味诱人，但是垃圾食品。吃了它等于享受现在的快乐，却对未来埋下痛苦。这种及时享乐，出卖未来幸福的人生，被称作“享乐主义型”。

第二种汉堡：口味差，食用时很不可口，但是有机食品和蔬菜，可确保日后的健康。这种牺牲眼前追求未来，被称作“忙碌奔波型”。

第三种汉堡：既不好吃，也不健康。吃了它，既无法享受当下美味，日后还会影响健康。这种既不享受眼前幸福，也不对未来抱有期许，被称作“虚无主义型”。

第四种汉堡：既好吃，又健康。能平衡当下及未来的益处。这种既能享受当下，又可以获得更美好的未来，被称作“感悟幸福型”。

这个比喻非常形象，“幸福至上”要求我们不能只顾眼前的快乐而牺牲未来的幸福，也不能因为做不喜欢的事而过得不快乐。要时刻问自己三个关键问题：什么能带给我意义？什么能带给我快乐？我的优势是什么？找出其中的交集，你就能找到满意的工作。每个人的最大成长空间在于他最擅长的领域，发挥优势，你便能获得成功和幸福。

“忙碌奔波型”的错误在于，只有成功本身可以为他们带来快乐，他们感觉不到过程的重要性。“享乐主义型”则错误地认为，只有过程是重要的。“虚无主义型”同时放弃了过程和结果，他们对生活已经麻木。“忙碌奔波型”是未来的奴隶，“享乐主义型”是现在的奴隶，而“虚无主义型”则是过去的奴隶。

从“忙碌奔波型”转变为“幸福型”追求者，并不代表他们做得更少或是热诚减少，而在于把正确的事情（对现在和未来都有益处）做得更好。同样，从“享乐主义型”转变成“幸福型”，也不需要减少快乐，而是要学会去适当地享乐而不是无止境地放纵。

快乐是幸福生活的先决条件，而意义则是生命的喜悦。我们需要把一切虚荣抛开，寻找真我的呼唤，而不是为了满足社会标准或迎合他人。幸福的人生在于充分发挥自己的潜能而改变世界，幸福的人生不但要时刻享受你所做的一切，同时也在向着你的目标而努力。

62

幸福三要素

快乐是幸福时刻，快乐总是片段式的，来得快，去得也快。幸福则是持久的快乐，幸福是一种令人愉快的心境。

盖洛普公司设计的“幸福测量器”（Wellbeing Finder），从职业生活、人际关系、财务状况、健康状况、社会环境5个方面来考察人的幸福。幸福真的可以测量吗？我对“幸福测量器”持怀疑态度。

幸福部分依靠外界环境，部分依靠自身。但幸福的关键因素，取决于我们的内在态度，任何财富和权力都无法使我们免于痛苦。“幸福测量器”提到的5个方面，只是外部条件，而真正的幸福来自内心，根本无法量化。在一定意义上，金钱、地位、满意的工作、良好的环境等会给人们带来一定程度的快乐，但上述条件满足了就一定幸福吗？我觉得不一定，快乐与幸福不是一回事儿。

快乐是幸福时刻，快乐总是片段式的，来得快，去得也快。快乐是享用一杯香甜的咖啡，是整晚在卡拉OK厅欢唱，是与爱侣和知己促膝谈心，是享用美味的巧克力……但生活中不是每时每刻都能欢天喜地，佳肴可口，吃多了就感到难受；美酒甘甜，快乐却不会随着杯数增加而增加；话语投机，总有意兴阑珊的时候。持续狂喜的结果必定是筋疲力尽，乐极还可能生悲。

幸福则是持久的快乐，幸福是一种令人愉快的心境。人生无常，不可能时时满意、处处满意。什么样的生活令人愉快，完全取决于人的心境，自己觉得幸福就幸福，幸福取决于价值观。人们对幸福的追求，往往找错了方向，越追求物质，寻求快乐的时刻，结果越失望。

幸福完全是一种主观感受，幸福需要内在价值观的支撑。我在《心想事成：如何成为成功、健康、幸福的人》一书中，总结出幸福三要素：宽容，投入，意义。所谓人生的幸福，并不取决于我们的遭际，而在于我们如何对待它。人是可塑的，幸福感也是可以培养的，只要我们拥有一种积极的人生观，乐观、豁达，投入到有意义的事业之中，幸福并不遥远。

宽容。一个人要想获得真正的幸福，首先应该有积极而包容的心态。人每天都可能会遇到各种各样的事情，顺心的和不顺心的，能改变的和不能改变的。人生不可能完美无缺，有顺境也有逆境，人应该顺应自然，宽容别人，更要宽容自己。宽容的本质就是接纳生命中的不完美，接受这个善恶美丑皆而有之的世界，接纳生命中遭遇的不可改变的现实。这样，我们就可以从充满矛盾的现实生活中找到和谐和幸福。

投入。还记得小时候玩积木的感觉吗?“投入”就是完全沉浸在一项有兴趣的活动之中，时间好像停止，自我意识消失，完全是一种“心流”体验。幸福的秘诀之一，就是使你的兴趣尽量广泛，一个人的兴趣越广泛，他拥有幸福的机会就越多。每个人都有自己最擅长的领域，要试着找出自己最得心应手的部分，每天运用这些能力，发挥自己的优势，你就会有成就感，感觉更满足、更幸福。

意义。人与动物的最大区别是人具有灵性，灵性就是“真切地感受到事情的意义”，幸福的人生就是有意义的人生。人是灵与肉的结合体，生命与精神，二者状态是好的，即可称幸福。人应该享受生命，但真正的享受生命是满足生命本身那些自然性质的需求，它们是单纯的；而超出自然需求的贪欲却导致了生活的复杂，是痛苦的根源。在物质生活有了保障之后，幸福主要取决于精神生活的品质。如致力于自己感觉有意义和感兴趣的事业等。生命若是单纯的，精神若是丰富的，便是幸福。

当想到有意义的人生时，我们会和目标相联系。我们真正需要的是能让我们从内心感到有意义的目标，但目标必须是自发的，它是为了实现自我存在的意义，而不是为了满足社会标准或是迎合他人的期望而设定的。当我们有这种目标感时，那种感觉就像是听到了“真我的呼唤”，它也被称为使命感，它是生命的喜悦。重要的是，我们选择目标时必须确保它符合我们自身的价值观、爱好以及优势。如果能把兴趣、优势、意义结合在一起，你就能踏上成功和幸福之旅。

63

越宽容，越幸福

宽恕别人，最大的受益者不是别人，而恰恰是我们自己。宽容让我们远离痛苦，获得快乐。

法国大诗人雨果说过：“世界上最宽阔的是海洋，比海洋更宽阔的是天空，比天空更宽阔的是人的心灵。”有容乃大，有容乃福。心有多宽，事业就有多大；包容有多少，幸福就有多少。越宽容，越幸福。

宽容就是接纳人们不同的地方，求同存异。宽容的对立面是狭隘、计较、刻薄、嫉妒、憎恨、报复。狭隘、计较、刻薄让我们深陷烦恼和痛苦之中，只想着报复。嫉妒让人一心只想着别人的成功，而不去想成功背后所付出的艰辛。

嫉妒会使人变得心胸狭窄，目光短浅，它不仅影响自己的进步，还会影响身体健康。而憎恨则是人类头号敌人，憎恨让我们一心想着别人的过错。憎恨之人最大的问题就是封闭自己，让自己永远停留在被伤害的那一刻，永远把自己当成了一个受害者。而宽容是人生痛苦的终点，宽容是幸福的源泉。

从本质上来说，宽容是一种非常自私的行为，因为它最大的价值就在于能够治疗自己内心的创伤。宽恕别人，最大的受益者不是别人，而恰恰是我们自己。宽容让我们远离痛苦，获得快乐。

宽容能让我们欣赏世界的丰富多彩，宽容能让我们了解到：人都有相同的顾虑、恐惧、悲伤和烦恼。学会宽容，我们就会在放弃了傲慢的心态中感受到释然；释然之后，我们就懂得了感恩；感恩能让人们的心变得宽广，它教会人们从一个新的角度来看待自己，于是，人们就会感受到无处不在的爱和恩典。

感恩让我们看到了自然的伟大，从而使自己变得谦卑；谦卑让我们接纳自己的不完美时，也接纳了别人的不完美，于是，我们就会变得宽容。感恩是一种心态，一种心境。谦卑就是既不自大，也不自卑。

把半杯水看成是“半满”还是“半空”，不只是一句老掉牙的格言而已，它是延续幸福的钥匙。无论你的人生观是什么，幸福都应包含这样一个最基本的道理：如果你选择了对几乎每一件事都去探寻它积极的一面，你就会得到幸福；而如果你选择了凡事都挑剔它不好的一面，你就会痛苦不堪。因为就幸福本身而言，在很大程度上取决于你作出的决定。

只要时时刻刻怀有一颗感恩之心，感谢所有给予你幸福的人和事，你就能自然而然地改变周围的人。不管遇到什么事情，我们都应该以积极的态度去面对，以感激、尽情享受的心态去接受。

任何时刻，感恩都能奇迹般地疗愈你的不适。它是消除焦虑、消除沮丧和转负面为正面的最快方法；它是从死胡同里走回正道的最快捷方式。当感恩取代了评断，平安就会散布你全身，轻轻拥抱着你的心灵，内心就会充满智慧、充满幸福。

很多人曾伤害过我们，如果我们选择宽恕，伤害就会停止。反之，我们就会继续被他人伤害或伤害他人。真正的宽容是放下心头的憎恨和成见，不再把自己看作是一个受害者。要想从苦海里解脱，唯一的方法就是宽恕。

不给别人留余地，可能自己就没有立锥之地。只想获得、不能施与的人，一般都不会有很好的人际关系。要学会包容，学会感恩，常想“我能给别人什么”，而不是“别人能给我什么”，自然能够胸怀大众，心感幸福。

让一分山高水长，退一步海阔天空。所谓“虚怀若谷”，就是放下顽强固执的己见，解除心中的框框，把心放空，这样我们才能包容万物、洞察世间，达到真正心中万有，有人有我，有事有物，有天有地，有是有非，有古有今，一切随心通达，运用自如。

64

幸福人生是有意义的人生

“意义”似乎很抽象，它与价值密切相关，它涉及人与自然、人与人、人与自身的多重关系。

幸福的人生就是有意义的人生。“意义”似乎很抽象，它与价值密切相关，它涉及人与自然、人与人、人与自身的多重关系。人感觉自己所做的事情有价值，就会觉得有意义，就会感到幸福。

人通过观察、感受和认识自然，找到人生的意义。人在与自然的接触中，眼、耳、鼻、舌、身、意与世界相联系，产生视、听、嗅、味、触、直觉，觉察到世界的千姿百态，感受到大自然之美，发现自然规律和万物之理，从而内心产生喜悦和满足。

人在与人相遇、交往、相知中找到意义。友谊赋予人生意义，帮助人们顺利度过逆境；爱情赋予人生意义，让人们生活更美好；生儿育女赋予人生意义，使人体会到生活的酸甜苦辣，感受到孩子成长，生活变得更加充实。社交活动的意义在于与其他人建立联系，人参与其中，感觉到自己是团体的一员、社会的一分子，从而心有所依，工作中的相互合作往往比闷头单干更感觉有意义。在与人交往中帮助他人，不但受助者获益，自己也在助人为乐中获得快乐和意义。

人在自我认识、自我成长、自我超越中找到意义。自我认识最难，三岁小孩知道自己的名字，八十老翁未必明白自己是谁。人只有认清自我，发现自己的优势和兴趣范围，才能树立有价值的目标，并在不断的追求中实现自我成长。

寻求意义最终会上升到自我超越的层次，一个人也许享有福寿全归，也许建立了丰功伟业，也许对人类或历史产生巨大影响，但是他的内心依然可能是彷徨无依，甚至充满苦恼。

人活一辈子，身体会不断老去，但人的精神可以不断升华，由“小我”到“大我”再到“无我”。以自我为中心的“小我”，很少会顾及他人的感受，往往混成“单枪匹马”，结果一事无成。合力做事的“大我”，个体不再斤斤计较得与失，而是求同存异，共同发展。

最高境界是“无我”，它是融合博爱的心态。在遇到问题时，“小我”会与对方争执，把责任推给对方；“大我”会分析问题，承担责任，最终解决问题；“无我”会忘掉自己，爱变得无条件、无国界。意义归属于和致力于自我超越的东西，会给人带来持续的幸福。

如今，人们的生活变得越来越富裕，但幸福感并没有随着物质生活的改善而增加。从前提供给人们生存意义的各种联系消失了。沉迷于虚拟世界，人与大自然的紧密联系渐渐消失了。人们不再欣赏大自然之美，而是天天盯着屏幕（电视、电脑、手机等），知觉被缩减为视觉一种，人们变得越来越自闭。人们不再细嚼慢咽、享受美食，而是满足于单调的快餐；人们不再运动，而是任凭各种电动器械把我们运来动去。

个人主义至上，人栖身其中的人与人之间的和谐关系消失了，友情变得越来越淡薄，离婚率急剧上升；人们不再以助人为乐，而是越来越自我，变得越来越抑郁。原本需要付出诸多努力才能实现的目标，如今父母轻而易举地给了孩子，也就使得孩子失去了奋斗的动力和方向，从而不再自我提升。于是乎产生了人人痛心却无力战胜的内心空虚和外在寂寞。身住豪宅，心却感觉无家可归。

虚无主义、个人主义与自由给人类带来了一个严重的问题，人们变得越来越自我、越来越贪婪。而自私与贪婪恰恰是人们痛苦的根源，人的所有烦恼、伤痛都是因为“我”的存在。自私的人总是以自我为中心，总觉得别人欠他的，这样是不会幸福的。幸福的获得，在极大程度上是由于消除了对自我的过分关注。

幸福的人生就是有意义的人生。要幸福，就要重新建立人与自然、人与人、人与自身的多重联系。人必须回归内心，在与大自然的接触中，在与人的友好相处和相互关爱中，在自我提升和不断追求中找到意义和归宿。

65 幸福的蹊径

幸福受多重因素影响，但最关键的是一个人的心态。

幸福是人人向往的事情，但未必人人都知道幸福的奥秘。我们只有透彻地分析人不快乐的原因或痛苦的根源，以及影响幸福的要素之后，才能不断调整自己并踏上幸福的蹊径。

（1）人不快乐的原因或痛苦的根源

人不快乐的原因或痛苦的根源主要来自身体和精神两个方面。

身体方面。让人身体感到不快的原因有劳累、困倦、疼痛、发痒、炎热出汗、寒冷发抖等等。身体方面的不适主要和一个人的健康状况、劳顿程度以及周围环境有关。

精神方面。来自精神方面的痛苦主要有忧虑、悔恨、恐惧、悲伤、烦躁、慌乱、抑郁、嫉妒、心理不平衡、心理负担重等等。精神方面的痛苦主要和人的心态以及压力相关。

(2)影响幸福的要素

一个人的幸福主要受以下三个因素的影响。

遗传因素。这与人的性格特质有关，有的人天生乐观、积极，快乐就会多一些；有些人生性悲观，痛苦就会多一些。

环境因素。毋庸置疑，自然环境、社会环境、工作环境都会对人的幸福带来影响。

后天的培养。人是可塑的，幸福也是可以培养的，只要我们树立积极的人生观，乐观、豁达，幸福并不遥远。

(3)幸福的蹊径

幸福受多重因素影响，但最关键的是一个人的心态。我们必须认清追寻感官的快乐和幸福是两码事，感官的刺激容易消失，无法提供人们永恒的幸福。在一定意义上，金钱、地位能大大地增进幸福，而一旦超出这种意义，事情就不一样了。有些人毕其精力累积财富，直到发现拥有过量的财富无法买到少许幸福时，他们才会醒悟并懊悔浪费了生命，但为时已晚。

幸福有三个绊脚石：一是与他人攀比；二是追求完美；三是斤斤计较。盲目攀比，比职位、比房子、比财富，比来比去，人的心里只剩下欲望，没有了幸福。许多人追求完美，吹毛求疵；有些人只知道获得，不知道付出。如果总算计着“我能从中得到什么”“做这件事值不值得”，你就会生活得很痛苦。

以下诸方面助你踏上幸福的蹊径。

健康而非疾病。身体健康是构成幸福的重要的因素，整天被病魔缠绕无幸福可言。所以，相比获得外在的财富和外界的荣誉，我们应该注意提高和维护自身的健康。

积极而非消极。无论你的人生观是什么，都应包含这样一个最基本的道理：如果你选择了对几乎每一件事都去探寻它积极的一面，你就会得到幸福；而如果你选择了凡事都挑剔它不好的一面，你就会痛苦不堪。

开放而非压抑。压抑带来嫉妒、恐惧、忧虑和悔恨，它是痛苦的根源。而开放的心态带来包容、友善，它是幸福的源泉。人必须像开阔自己的视野一样，开阔自己的心胸。

仁爱之心。乐于助人是幸福人生的一大要素。在生活中多去帮助他人，能让自己感到更快乐。但现代社会中，乐于无私奉献的人越来越少，斤斤计较的人越来越多。

自我接纳。自卑之心和恐惧失败的负面情绪让我们表现不佳同时无法感受到幸福。只有完全接纳自己，挣脱完美主义的桎梏，才能完全释放我们的潜力，并保有持续的幸福。

和谐的人际关系。和谐的人际关系，特别是和谐的家庭关系和友情是幸福的重要来源，失衡的人际关系带来痛苦和悲伤。任何一种关系都会有起有伏，但是通过换位思考、双赢思维，人际关系是可以改善的，每个人都可以享受与日俱增的情感带来的幸福。

66

只有一个人生

未经审视的人生不值得过的。

——苏格拉底

人生问题之所以成为一个重大问题，是因为生命只有一次。如果人能永远活着或者能活无数次，那样的话，即使你犯下不可挽回的错误或者遭遇重大的失败都可以推倒重来，人生问题就会彻底改变，甚至根本就不会有人生问题了。

随着年龄的增长，我越加感叹人生短暂，更加确信每个人只有一个人生。尽管许多人相信来世，期望通过苦修成仙成佛，或者死后进入天堂，但是在我看来，那样的苦修无异于扼杀生命的乐趣，如此求

得的出神入化的仙境，或许是肉体衰竭而造成的一种幻觉。

世间并无不朽，一切都会消失得无影无踪。死亡是每个人必须面临的问题，记得10来岁时，当我第一次意识到人会死的时候，心里的那个隐隐作痛至今难以忘怀。我们每个人或多或少，都是西西弗斯。我们的人生很多时候是无奈的，是不自由的，而且不断重复又重复。

因为只有一个人生，才促使人们思考如何活得更好，怎样才能活得无怨无悔。只有认真思考过这些问题，我们才清楚自己这辈子想要的到底是什么，自己想要接受怎样的教育，想过怎样的人生。也只有这样，当生活中面临各种考验时，我们才有自信去应付。

苏格拉底说过“未经审视的人生不值得过的”。怎样才能活好自己的人生呢？首先，我觉得人要有独立意识，认识到这个人生是“我的”，不是别人的，我是自己的主人，得为自己作决定，不能由别人来主宰自己。我不是任何人的附庸，我有能力走自己的路。一旦明白了这些，你对整个生命的感受就会截然不同。

我们每个人都独自被带到这个世界上，既没有预先设定的人生，也没有最终确定的命运，每个人都有权利来选择自己的人生。你必须为你的选择和自己的生活负责，因为这个世界的运转方式，你喜欢不喜欢都是一样的。无论环境有多困难，都要好好爱惜自己，好好活着。

因为只有一个人生，我们没有理由辜负自己。人生在于选择，我们要的不仅仅是自由选择的权利，还要自由地活得好，活得有价值。人生最大的意义在于自我探索、自我创造、自我实现。

精彩的人生不一定非得是轰轰烈烈的人生，而是自己喜欢过的人生，只有这样，才能够感受到生命的海阔天空。即使你只是一棵小草，也不必因为看到身边有无数鲜花而顾影自怜，不必因为默默无闻而觉得枉度了一生。每个人都可以真实地感受属于自己的春夏秋冬，并用自己的眼睛和心灵体味生命赋予的一切，这就是富足的人生。

如果一个人真正明白了只有一个人生的道理，他就不会孜孜追逐那些到头来一场空的虚名浮利了，把有限的生命耗费在这些事情上，牺牲了对生命本身的享受，实在是很愚蠢的。人最重要的，是过你想过的生活。你追求的东西，是你真的想要的，是值得你尊重和享受的，而不是为了满足社会标准或者迎合他人的期望，不是为他人而活。

人必须爱惜自己，人不自爱，便不可能爱人。我们不是在世界之外，而是在世界之内。我们改变，世界就会跟着变。我们快乐，世界就少一份苦；我们做了对的事，世界就少一份恶；我们帮了一个人，世界就少一份不幸。天地悠悠，生命短暂，一个人一生做不成多少事。明白了这一点，就可以善待自己，不必活得那么紧张匆忙了。一方面我们要积极进取，另一方面我们要学会放下。承认了自己的有限之后，下一步便要放下执着，尽量学会宽容与谦卑。既能发挥自己的潜能，又享受自己的工作，对社会有所贡献，只有这样才能活得无怨无悔。

既然只有一个人生，我们就应该认真对待自己，并依自己的信念而活。只有这样的人生，才谈得上是我们从心里相信值得过的人生。只有真正领会到人的处境 —— 人的有限性和那短暂的生命之光，我们才能活在当下，享受那份生命的喜悦。尼采有一句著名的格言："爱你的命运。" 意思是说要发挥你的潜能，创造你所热爱的人生，成为你自己。只有这样，也只有这样，才能死而无憾。

67

积极心态的力量

人的心智，构成了人与人之间的唯一差异。心态改变，人生就会改变。

大家可能听过这样一则故事。

三个民工在砌墙。有一个爱管闲事的人问："你们在干什么？"

第一个民工头也不抬、爱答不理地说："没看见吗？我在砌墙。"

第二个民工抬头看了爱管闲事的人一眼说："我们在盖楼房。"

第三个民工面带笑容自豪地说："我们在建设美丽的城市。"

10年后，第一个民工在另一个工地上砌墙；第二个民工坐在办公室中画图纸，成了工程师；第三个民工呢，成了一家房地产公司的总裁，是前两个人的老板。

这个故事显然是编造出来的，没有那么巧合的事，但故事是在说明一个道理：心态对人一生的影响。在同样的处境下，心态不一样，志向不一样，人生将大不相同。

影响人一生的，不仅仅是外在环境，更重要的是心态。乐观、积极的心态具有巨大的力量，正如成功学大师拿破仑·希尔所说："积极心态，是心灵的健康与营养。这样的心灵，能吸取财富、成功、幸福和健康；相反，悲观、消极，你甚至可能失去生活中已有的一切。"

有良好的心态，才有美好的人生。心态是一个人内心的潜在意志、思想、价值观、意愿的外在表现。具有乐观、积极心态的人，其人生目标必然高远；有了高远的目标，必然会为之努力，有努力必有回报。

激情地投入工作，与敷衍地工作，完全不一样。一个人的心态直接决定了他的行为，决定了他对待工作是尽心尽力还是得过且过，是安于现状还是不断进取。积极的心态还能让人在逆境中坦然面对，坚持不懈，最终获得成功。心态决定一个人的成长高度，干任何工作，干任何事情，都是如此。工作充满热情，认真、负责，兢兢业业，一丝不苟，会使你不断进步，成为杰出的人。相反，冷漠、抱怨、浮躁，这山望着那山高，会导致一个人一辈子碌碌无为，一事无成。

良好的心态是健康的基石，许多疾病都是由不良的心态导致的。情绪大体上通过神经系统和内分泌系统对人体产生生理上的影响。不良情绪导致内分泌失调，降低人的防御能力，导致细菌入侵、病毒感染等。而良好的情绪，会刺激脑下垂体分泌激素已达到全身的平衡，从而提高人体的免疫力，这种平衡所产生的效力可能比世界上的任何药物都更加理想。

生活就像一面镜子，你朝它微笑，它也朝你微笑。幸福始于积极的心态，把半杯水看成是“半满”还是“半空”，不只是一句老掉牙的格言，它还是延续幸福的钥匙。无论你的人生观是什么，幸福都应包含这样一个最基本道理：如果你选择了对几乎每一件事都去探寻它积极的一面，你就会得到幸福；而如果你选择了凡事都挑剔它不好的一面，你就会痛苦不堪。因为就幸福本身而言，在很大程度上取决于你作出的决定。

心态影响人们对事物的看法，有了良好的心态，你对工作、对他人、对自己都会表现出热情与活力。我们不是每个人都能改变世界，但是如果我们能改变看世界的角度，我们的心态就会变得不一样。如果你的心态是完全开放的，那么所有环绕你的事物都会变得非常有趣、非常活泼。

心态取决于人的主观想法，同一件事情，换个角度思考，心态就会不同。你改变不了环境，但能够改变自我；你改变不了事实，但能够改变态度；你改变不了过去，但能够改变此刻；你不能控制他人，但能够掌握自我；你不能样样顺利，但能够事事尽心；你不能左右天气，但能够改变情绪；你不能选取容貌，但能够展现笑容。

心态决定着人的境遇，创造力全在于人的内心。人的心智，构成了人与人之间的唯一差异。心态改变，人生就会改变。每个人都守着一扇自内而外开启的“改变之门”，除了自己，没有人能为你开门，只要你愿意敞开心灵，抛弃旧有的思维，由内而外开启改变之门，保持良好的心态，将思想转化为行动，成功、健康、幸福就在掌握之中。

68

拿得起，想得开，放得下

人生最高境界是佛为心，道为骨，儒为表，大度看世界。

儒、道、佛是中国传统文化的核心，它对中国人的影响是根深蒂固的，至少对于我是如此。我从儒家学到了“拿得起”，从道家学到了“想得开”，从佛家学到了“放得下”。

儒家的精神趣旨如果概括为三个字，那就是“拿得起”；概括为两个字，那就是“有为”；概括为一个字，那就是“张”。儒家主张立德、立功、立言，主张积极有为。

道家的精神趣旨如果概括为三

个字，那就是“想得开”；概括为两个字，那就是“无为”；概括为一个字，那就是“弛”。道家的精神趣旨与儒家似乎相反，实际上互为补充。学会“张”，是一门学问；学会“弛”，同样也是一门学问。对于人来说，都是不可或缺的。

佛教精神趣旨如果概括为三个字，那就是“放得下”；概括为两个字，那就是“无常”；概括为一个字，那就是“空”。佛家可以化解人生中的烦恼，达到精神上的解脱，使心灵得以净化。

儒、道、佛各家的理论虽各不相同，但在最高的境界上却是一致的：儒家成圣，道家成仙，佛家成佛，本质都是要明心见性。儒家通过“仁爱”之道，道家通过“自然”之道，佛家通过“慈悲”之道，来实现社会、人生的和谐与完善。

对于儒、道、佛三家的功能及特点，宋代有人概括为：儒治世，道治身，佛治心。国学大师南怀瑾先生有喻：儒家是粮食店，道家是药店，佛家是百货店。

儒家是粮食店，是天天要吃的。两千多年的封建社会，中国人代代传授的不外乎“四书五经”。中国人基因中的责任思想（以天下为己任）、忠孝思想（仁、义、礼、智、信）、恕的思想（己所不欲，勿施于人）、伦理思想（修身、齐家、治国、平天下）都来源于儒家。

道家是药店，不生病可以不去，生了病则非去不可。当你身陷逆境的时候，道家还会告诉你：不要陷入到精神痛苦之中不能自拔，要想得开，看得远，要明白“祸兮福之所倚，福兮祸之所伏”的道理。道家思想包括了兵家、纵横家的思想，乃至天文、地理、医药等无所不包，所以一个国家生病，非去这个药店不可。翻开中国历史，会发现有一个很奇怪的现象，那就是每逢乱世的时候，总会出现一些道家人出来拨乱反正，等到天下太平安定了之后，这些人就退隐山林，功成、名遂、身退。

佛学是百货店，有钱有闲，可以去逛逛，逛了买东西也可，根本不买也可，但社会需要它；佛家，既言百货店，当然是五光十色，物货杂陈，琳琅满目，门庭若市。富家子弟既保且暖，财大气粗，自然是要逛的，千金不惜，只要合心；贫穷儿却也少不了它，油盐酱醋，针头线脑，哪样是能离得了的？每个人所求的不同，但到最后所求的无非是自己的内心，每个人只要进了佛门，总可以找到自己内心所求的一些东西。

儒家的人生观是“乐观”、进取、向上，道家的人生观是“达观”、退让、处下，佛家的人生观是“冷观”、忍让、放下。因为儒家什么都“在意”，所以他有执着的精神、有为的气概、自强不息的勇气、敢为天下先的气魄；因为道家对待什么事均以“适意”为上，所以他才如此崇尚逍遥旷达，任性洒脱，空灵飘逸；因为佛家对待什么事都主张“不在意”，所以它才任运自在，不执有无，解缚放下。

人生需要这三种精神和气质。人既要有“乐观”的精神，也要有“达观”的心境，还要有“冷观”的智慧。

儒家讲“入世”，强调的是“有为”精神；道家讲“超世”，强调的是“无为”的精神；佛家讲“出世”，强调的是“空无”的精神。儒家告诉我们如何堂堂正正地度过一生，道家告诉我们如何轻轻松松地度过一世，佛家告诉我们如何潇潇洒洒地辞别尘世。人生方方面面的精神需求，都可以在儒、道、佛中得到解决。南怀瑾先生说：“人生最高境界是佛为心，道为骨，儒为表，大度看世界。”

69

生命之树和知识之树

知识之树不是生命之树，人们在追求知识与财富的同时，更应该关注自己的精神与生命，让生命之树与知识之树长青。

《圣经》开篇讲述了一个富有哲理的神话故事：亚当和夏娃住在伊甸园里，过着无忧无虑的生活。园中有两棵树，一棵是生命之树，一棵是知识之树。上帝耶和华警告亚当说：“园中树上的果子，你可以随便吃，只是分别善恶之树（即知识之树）上的果子不能吃，吃的日子你必定死！”而狡猾的蛇对夏娃说：“吃了不一定死，吃了果子眼睛就明亮了，你们便和上帝一样能知善恶。”夏娃见知识之树上的果子悦人眼目，且能使人有智慧，就摘树上的果子吃，并给自己的丈夫亚当吃，于是二人的眼睛立刻就明亮了。

然而，获得知识的代价却是生命的痛苦和死亡。耶和华对夏娃说:“我要增加你怀胎、生育的痛苦。”又对亚当说:“你既然听从妻子的话偷吃禁果，你必将劳苦终生。”于是耶和华把亚当、夏娃赶出了伊甸园，让他们在偷吃禁果的“原罪”中受苦受难。

这则故事揭示出这样的道理：人在混沌的无知无欲之时，生命之树常青，感受不到生命的痛苦和死亡的悲哀；而人的知识越多、欲望越多时，所感受到的痛苦就会越多。

生命越向高级进化，痛苦也就越多。现代人的精神比古代人的痛苦，高级动物比低级动物痛苦，低级动物比植物痛苦，有机物比无机物痛苦……这正是“知识之树不是生命之树”古老命题的深刻所在。因而人要避害全生，减少生命的痛苦，就应该使“生命之河”向下流淌，复归于无知无欲、无机无情的“道”。

纵观人类历史，东方世界特别是中国文化似乎偏重于生命之树，而西方则更偏重于知识之树。中国人以生命的安乐、长久为本而不为信仰、真理累其生；西方人则执着于信仰、真理而乐于为之献身殉道。

中国的生命之树上结满了像儒家、道家、佛教、理学、禅宗、道教等成熟的果子，充满了像老、庄、孔、孟、慧能、王阳明等众多的圣人。中国人对生命的爱护胜于对知识和真理的追求，儒家善于以理性调节情欲，并在现世构建了一个乐盈盈的大家庭，给人的生命以温暖。道家反身向后以追求生命的安全长久，把对生命的关爱发展到了极致。佛教在于帮助人们解脱生命痛苦，比道教走得更远。

西方的知识之树上结满了像毕达哥拉斯主义、柏拉图主义、基督教、近代理性主义、科学主义等知识的硕果，充满了像苏格拉底、普罗米修斯、耶酥、哥白尼、布鲁诺等无数为知识（真理）而献身的殉道者。西方哲学思考的问题偏重于这个世界是什么样子，其终极根源在哪里，怎样来认识这个世界等等；而中国哲学思考的重心则在于人自身的修为，怎样处世处理好人际关系，如何使大家相安而天下太平等等。

对生命之树与知识之树的不同选择与偏重，造成了中西方文化以及思维方式、民族性格、行为模式的差异。中国文化是向内寻求型的，向内寻求，主要为了生命的安乐长久；西方文化则是外向拓展型的，外向拓展，则主要是为了认识世界，探求真理。中国的“和为贵”强调事物的“中和”，不偏不倚，是维持生命之大道。西方的“非此即彼”强调的是一分为二，是现代科学的源泉，是认识事物的大法。“中和”有利于生命之树的生长，“分化”则有利于知识之树的展扬。

“生命”与“知识”就像硬币的两面，都是人生不可缺少的部分，二者不可偏废。太关注于生命、追求安乐，反而会在弱肉强食的现实世界落后挨打，甚至丧失生命。太执着于知识、追求物质，反而会使人在激烈竞争中痛苦不堪、失去自我，甚至一无所获。

知识之树不是生命之树，人们在追求知识与财富的同时，更应该关注自己的精神与生命，让生命之树与知识之树长青。人要想获得内心的平静，无须外求，强大的内心是自己的上帝，只要从心出发，以理性调节情欲，就能获得幸福安康，实现心灵的自由。

70

新春送福：幸福的秘密

幸福部分依靠外界环境，部分依靠自身。但幸福的关键因素，取决于我们的内在品质。

春节贴“福”字，是中国民间由来已久的风俗。每逢新春佳节，家家户户都要在屋门上、墙壁上、门楣上贴上大大小小的“福”字，寄托人们对幸福生活的祝愿，以及对美好未来的向往。

按习俗，大门上的“福”字一定要正着贴，寓意“开门迎福”。也有人在某些地方倒贴“福”字，意为“福”到了。

“福”乃“福、禄、寿、喜、财、吉”六大吉祥之首，“求福、纳福、惜福、祝福”又是各种文化现象的概括和代表。因此，“福”字自古就是一个具有美好象征意义的字眼。

自古以来，各种字体的“福”字，层出不穷，变化各异，堪称汉字之最，这种现象在世界文字史上也是罕见的。“福”字蕴含吉祥祝福，因而中国人酷爱“福”字，曾出现过各种“百福图”。

从字面来讲，“福”字的偏旁“礻”有祈神的意思，而“畐”可拆分为“一”“口”“田”，即一个家里的每个人都有饭吃、有工作做、有学可上，就是福。

在中国，“福”字的含义非常广泛，可以解释为福运、福气、幸福等等。福是中国人孜孜以求、令人向往的人生大目标。

传统意义上的五“福”：一曰寿，二曰富，三曰康宁，四曰攸好德，五曰考终命。即指寿、富、贵、安乐、子孙众多。

当今，“福”主要指幸福，是指人们对精神生活和物质生活的满足感。

幸福在哪里？有首歌唱道：“幸福就在我们的身边，幸福在我们的衣兜里，幸福在我们的心底里……”幸福从何而来呢？心理学家戴维·迈尔斯分析概括了与幸福有关的因素，其中包括：

（1）健全和健康的身体，这是幸福的基石；

（2）目标和期望，这是幸福的内驱力，人倘若无所追求，幸福之水会干枯；

（3）自尊，这是幸福的支架，也是幸福的赐予；

（4）控制感情，这是幸福的规则，纵欲和放纵，往往与幸福相悖；

（5）乐观，这是幸福的源泉，乐观，最能衍生幸福的细胞；

（6）豁达，这是幸福的开阔地，接纳包容，可免去许多节外生枝的烦恼；

（7）益友，这是幸福的开心果，一位益友就是一眼幸福的喷泉；

（8）合群，人缘好，幸福就会自来；

（9）挑战性的工作和活动性的消遣，一张一弛，方有幸福的交替出现；

（10）集体意识，这是幸福的蓄水池，孤独难有幸福的空间。

幸福部分依靠外界环境，部分依靠自身。但幸福的关键因素，取决于我们的内在品质，任何财富和权力都无法使我们免于痛苦。在一定意义上，金钱、地位能大大地增进幸福；而一旦超出这种意义，事情就不一样了。幸福是主观感受，幸福需要内在价值观的支撑。在基本的生存条件（食物、住所等）达到后，幸福主要来源于精神。

我个人觉得，要幸福，就不能以自我为中心。在外界环境不是绝对地多灾多难的地方，只要一个人的热情和兴趣向外而不是向内发展，他就应该能够获得幸福。

幸福的秘密在于：一是要学会感激，不懂感激的人是不会幸福的，牢骚满腹使人无法幸福；二是良好的人际关系；三是幸福是其他事物的负产品，其最明显的来源就是那些为我们提供了生活目标的职业和兴趣爱好，我们投入的感情越多，我们体会到的幸福也就越多。因此，在调整自我以获得幸福的企图中，我们努力的方向应该是极力避免自私自利的欲望，培养积极的心态，在与人友好相处中，在为自己喜爱的事业的奋斗中获得幸福和价值。

第 8 章

健康之路

· 疾病：身与心的对话

· 病由心生

· 健商（HQ）：健康的智慧

· 养生到底有没有用

· 《黄帝内经》养生的精髓

· 人体的自愈力

· 人体老化之谜

· 让身体充满阳光

· 西医治病，中医治人

· 中药与西药

71

疾病：身与心的对话

疾病是警示，是告诫，是身与心的对话，如果你仔细倾听，找到问题的根源，然后加以修正，疾病就会自愈，人生就因此有所感悟。

人们对健康的关注程度越来越高，养生方面的书籍和电视节目随处可见，健康方面的知识更是在朋友圈广泛传播，让人应接不暇。尽管如此，还是有许多人面对工作的压力或者为了别的利益，而忽视了健康。有些人过度透支了自己，导致未老先衰，甚至英年早逝。

健康是生命之本。健康是指一个人身体、心理和社会适应能力均处于良好的状态，健康还意味着拥有称心如意的生命。

健康面前人人平等，它不因人

的财富地位而有所变化。健康和一个人的遗传因素、性格因素、生存环境、生活习惯密切相关。而患病的原因也十分复杂，有内部的原因，也有外部原因。

患病时，很少有人主动检视自己的思想和行为，很少从自身找原因。我以前也是这样，总是把患病的原因归咎于外部环境。

前些年，我感觉自己颈、肩、腰劳损严重，膝关节疼痛，耳鸣、视力减弱，还患有慢性胃炎，我开始检讨自己，开始从自身找原因。经过反省与对症，我认识到导致这种状况的原因，主要是近几年自己为了实现事业的转型，大量阅读与写作、久坐、久视、缺少户外活动造成的。由企业管理转向咨询与写作，急于求成的行为过分透支了自己的身体。

找到患病的内部原因之后，我开始调整自己的行为，开始给自己减负，坚持每天做颈肩腰保健操，并增加了一些户外活动，再加上按摩治疗，身体状况得到了极大的改善。

忠言逆耳，我感觉身体也是一样，有病时，身体首先告诉你的是不适与疼痛，你一定要引起重视。要时刻关注自己身体感受，身体感觉不舒服，局部疼痛，吃不好，睡不香，情绪异常，就要找原因，这是身与心的对话。

任何形式的疾病都是一个讯号，提醒我们检视自己的情绪、行为是否过度。即使是普通的感冒，也应该向内探究，检视是什么原因导致了感冒？到底什么情绪或行为导致了你身体的不适？

我逐步认识到，疾病是身与心的对话。如果你得了糖尿病，身体是要告诉你“吃得太好，运动太少”；告诫你“要控制饮食，增加运动”。如果你得了心脏病，身体告诉你“性格太急躁，整天处于紧张和压力之中，或者做事太急于求成、竞争意识太强”；告诫你“要放慢节奏，心平气和地做事”……

你仔细倾听身体发出的警讯了吗？如果你倾听了，改善了自己的不良情绪和行为，你的疾病就会改善甚至痊愈；如果你拒绝倾听身体的告诫，一意孤行，你的疾病就会加重。

健康源自平衡，过度的情绪和行为就会导致疾病。在我所著的《心想事成：如何成为成功、健康、幸福的人》一书中，我总结出了健康三要素：心理平衡、营养平衡、动静平衡。

心理平衡：病由心生，心理平衡的作用超过一切保健措施的总和，你只要注意心理平衡，就掌握了健康的金钥匙。

营养平衡：病由口入。脾胃是人体的后天之本，经过饮食调理确保人体营养平衡是健康与养生延年之大法。

动静平衡：动不至大疲，静不至过逸。动和静是相反相成的两个方面，要养生防病、益寿延年，就必须心体互用，劳逸结合，动静并施。

叔本华说过：一个人所犯下的最大错误就是为了别的利益牺牲了健康。我承认干什么事情都要付出代价，但一定不能忽视了健康，要保持身心的平衡。现在，人们越来越强调节能环保，我觉得生命也需要节能。生命好比燃烧的蜡烛，燃烧得越旺，熄灭得越早。

疾病是警示，是告诫，是身与心的对话，如果你仔细倾听，找出生病的原因，找到问题的根源，然后加以修正，改变自己的生活方式和不良习惯，疾病就会自愈，人生就因此有所感悟。

72

病由心生

心平则气和，气和则百病不生。

美国执业医师约翰·辛德勒在他所著的《病由心生》（*How to Live 365 Days a Year*）一书中指出，百分之七十六的疾病是由不良情绪引起的。辛德勒医生在书中列举了病由心生的许多疾病，如不良情绪导致肌肉疼痛，使胃不舒服并患多种胃部疾病，影响结肠并导致肚子痛的多种疾病，让皮肤血管受损，影响内分泌和免疫系统等等。

中医也认为情志致病，百病生于气，气和则安，气乱则病，气散则死。心平则气和，气和则百病不生。《黄帝内经》谈道：怒伤肝、喜伤心、思伤脾、忧伤肺、恐伤肾。病由心生的典型例证是《杯弓蛇影》的故事，说的是古代有个叫乐广的人请朋友来家里喝酒。朋友举起酒杯，却看到杯子里有条蛇在晃动。朋友心里觉得很不舒服，可还是把酒喝了下去。回到家后，朋友越想越后怕，生病了。乐广听说后，马上去探望朋友。朋友说："那天在你家喝酒时，杯子里有条蛇！"乐广一听，怎么会有这种事呢？于是马上回家查看。原来在大厅墙上挂着一把像蛇一样的弓。而弓的影子，恰巧落在朋友放过酒杯的地方。乐广把情况告诉了朋友，朋友的病马上就好了。

有一种说法叫"什么样的人得什么样的病"，大概是说人的性情与所得疾病的关系。A型性格（这里不是指血型）的人易患心脏病，他们是工作狂，火爆脾气，不服气，充满竞争和敌意，嫉妒心强，一切为了赢。他们急于求成、不耐烦、匆匆忙忙，整天处于紧张与压力之中。B型性格是相对健康的一种性格类型，他们容易知足、不易急躁、较平静、能控制自己的情绪、时间观念不是特别强、性格随和等。他们对生活幸福的感知度较高，更容易觉得生活幸福。C型性格容易罹患癌症，他们往往压抑自我、克制自我，隐忍以求和别人或环境统一。爱生闷气，内心的痛苦不乐于表达，积压在内心，久而久之，导致疾病发生。

情绪大体上通过神经系统和内分泌系统对人体产生生理上的影响。不良情绪导致内分泌失调，降低人的防御能力，导致细菌入侵、病毒感染等。你的免疫系统一如心理状态，也有同样的反应方式。如果你感到沮丧抑郁，你的免疫系统也会充满沮丧，可能被入侵者或叛变的细胞击垮；如果你觉得像个牺牲者，你的免疫系统也会变得缺乏防御；如果你长时间压抑着未解决的愤怒，你的肝脏将屈服于压力，身体将无法有效地发挥解毒功能。最后，这些情绪会导致身体疲劳，沮丧抑郁会因此介入而形成恶性循环。而良好的情绪，会刺激脑下垂体分泌激素已达到全身的平衡，从而提高人体的免疫力，这种平衡所产生的效力可能比世界上的任何药物都更加理想。因此，健康生活的第一要义就是保持良好的心态。

外部环境无疑是影响人情绪的重要因素，但导致不良情绪主要原因是心智不成熟。保持良好的情绪关键在于接受发生在你身上的事，而且有能力采取行动带来改变。每个人都可以不断改善，选择做一个成熟的人，从而减少疾病，获得幸福的人生。成熟的人不以自我为中心，成熟意味着付出而不是索取；成熟的人不争强好胜，成熟意味着不与人为敌；成熟的人凡事有计划，成熟意味着能分清现实与虚幻；成熟的人不钻牛角尖，成熟意味着灵活变通。成熟的人活在现在，不悔恨过去，也不忧虑未来。成熟的人心胸开阔，即使情况令人忧虑、焦急、恐慌，也能保持镇定。成熟的人意志坚定，身处逆境时会调整和转换自己的心态，做到心平气和。

病由心生。心理作用超过一切保健措施的总和，只要注重心理平衡，你就掌握了健康的金钥匙。保持心理平衡的关键是要拥有生活目标，活在当下，永葆好奇心。保持良好的情绪，建议从以下方面着手：保持生活简单；不要疑神疑鬼，过分敏感；喜欢自己的工作；拥有良好的兴趣爱好；学会满足；学会喜欢别人，与人友好相处；习惯谈论美好的事物；面对不幸，笑面人生，转败为胜；针对问题作正确的决定；凡事有计划，不断体验新事物。

73

健商（HQ）：健康的智慧

认识健商，提高健商，可以大大提升你的生活品质，使你健康长寿。

大家都熟悉智商（IQ）和情商（EQ），可能很少了解健商（HQ）的概念。健商（HQ）是健康商数（Health Quotient）的缩写，由加拿大华人医学专家谢华真教授首次提出，它代表一个人的健康智慧及其对健康的态度。健商不是对智商、情商的简单模仿，而是谢教授在对现代西方医学和保健思想的反思和批评的基础上，提出的一个崭新的理念。

在当今激烈竞争的社会环境下，人们在追求物质生活富裕的同时，却在不知不觉中亮起了健康的红灯。国家卫计委报告显示，我国国人的“健商”较低，每100位15 ~ 69岁人中，只有8.8人具有基本的健康素养。中国科协针对全国5000万科技工作者健康状况的调查数据显示，近四成人都患有不同类型的慢性病，位居前三位的分别是颈腰椎和椎间盘疾病（百分之二十一点六）、消化道疾病（百分之九点七）以及高血压疾病（百分之七点六）。

随着科技的飞速发展，现代医学通过化学药品和手术，许多重大疾病得到了医治，但其毒副作用和重大缺陷越来越明显。抗生素等药品挽救了无数人的生命，但因滥用而不断产生耐药性等许多新问题，治病的同时也给人们的健康带来后患，使人们的免疫力下降。尽管医学领域日新月异，但对某些最常见的慢性病和其他疾病仍然束手无策。人们越来越清晰地认识到，人不仅要重视疾病，更应该关注健康。健商认为，一个人的情感、心理状态以及生存环境和生活方式，都直接影响着人的健康。健商不仅仅把健康定义为没有患病，而是更广义地指称一个人的良好状态。健商强调身心合一的中国传统思想，认为身心之间的关系是提高健商最关键的部分。健商包括以下五大要素。

（1）自我保健。不要把自己的健康都交给医生，而要通过健康的生活方式、乐观的生活态度控制健康。

（2）健康知识。一个人对健康知识掌握得越多，就越能对自己的健康做出明智的选择。

（3）生活方式。作息、饮食、锻炼、价值观等生活习惯，对健康的作用举足轻重。

（4）精神健康。情绪对健康和疾病密切相关。克服焦虑、愤怒和压抑，对健康至关重要。精神上感到满足的人，常能健康长寿。

（5）生活技能。通过重新评估环境，包括工作和人际关系来改善生活，掌握健康的秘诀和方法。

健康是人生第一财富，健康是每天生活愉快的必要条件。失去健康，其他的一切都没有意义。不幸的是，很多人为了其他利益而牺牲了自己的健康。亚健康成了现代人的通病，许多人在各种疾病中挣扎，甚至有的人英年早逝。

提高健商是通往健康、幸福的必由之路，健商与智商的成因不同，它可以通过知识教育来改善，通过意志力和情感智力的作用来提高。健商是个人对健康认知能力及健康管理能力的体现，健商高的人平时更加注重自我保健，预防疾病；发生疾病后更加懂得如何求医并配合治疗、防止疾病恶化。

要提高健商，首先要把学习健康知识放到首位，真正认识到健康的重要性，增强自觉性。其次要制订一份人生的健康计划，从心态到饮食，从身体到习惯，从睡眠到兴趣爱好，都要从健康出发，做出具体安排，哪些该做，哪些不该做。生活方式是影响健康和生命质量的最重要的因素之一，它是你可以控制和改善的。最后要对体检报告高度重视，对出现的异常数据与情况，要听从专业医务人员的分析和建议，通过调整生活方式，扭转不良倾向。俗话说“千里之堤，溃于蚁穴”，如忽视健康问题，任其发展，生命之船就会在阴沟里侧翻。

从表面上看，提高健商可能意味着你决定改变自己的生活态度和生活习惯，按时作息，合理饮食，发现对付压力的新技巧或者从事一项新的体育活动等等。实际上，它的意义还远不止于此，认识健商，提高健商，可以大大提升你的生活品质，使你健康长寿。

74

养生到底有没有用

从百岁老人的长寿经验来看，养生其实很简单，心大一点，少生气，合理饮食，作息有规律，再加上适量活动。

前不久，“养生专家”梅墨生59岁早逝，引发大众思考，加上媒体的渲染，使人们怀疑养生到底有没有用。

于是，许多议论都冒出来了：养生专家连自己都搞不定，纯属忽悠。乡下老太太根本不知道什么叫养生，也活了90岁；某人天天抽烟喝酒还活了80岁，某医生天天给人看病，自己40多岁就生病死了…… 极端的个案，尤其是名人的案例非常吸引眼球，但也容易得出错误的结论。

据报道，梅墨生是书画家、诗人、学者、太极拳家、教授、研究员，是中医影响世界论坛副秘书长，中国武术七段，北京吴式太极拳研究会常务副会长，武当山武当拳法研究会顾问……头衔一大堆。

可以想象，上述头衔不是轻而易举就能得到的，梅墨生一定付出了很多的辛劳。他曾告诉记者，青壮年时期，因为忙于工作，埋头书画练习和创作，他一天要低头练习十几个小时，有时还工作到后半夜，长期如此，颈椎、腰椎“频频亮起红灯”。不惑之年后，梅墨生意识到自己的身体损耗、透支太多。此后开始注意作息规律，也重新开始练习太极拳。他对自己忽视身体健康而深感后悔，但认为亡羊补牢，为时未晚。

有媒体渲染梅墨生“从小注重养生”，显然并不准确，他之所以被很多人认为是“养生专家”，是因为他出名之后参加了很多活动和电视节目，讲了很多养生经验和观点。

“养生专家”英年早逝只是个例，我们不能因为一个所谓专家早死了，就否定养生的重要性，认为所有养生方法都是骗人的，千万不要因为一个孤立事件就肯定一切或否定一切。世界卫生组织曾指出：健康长寿的影响指数中，遗传因素占百分之十五、社会因素占百分之十、医疗因素占百分之八、气候因素占百分之七，而自我保健因素占百分之六十。由此可见，自我保健、养生的作用实在太重要了。

但养生也确实存在许多误区。一个人思绪太缜密，活得太小心，每天每时都在考虑什么能吃、什么不能吃，什么时候能活动、什么时候不能活动，天天研究这些能轻松吗？天天考虑这些能不累吗？殊不知，养生的最大智慧是随遇而安，过度关注养生反而违反了养生之道。

国学大师季羡林活了98岁，生前有人问季老长寿秘诀，季老的回答是“不养生”，他说自己“不锻炼、不挑食、不嘀咕”，被人称为季羡林“三不”养生法。说起不锻炼，人们可能会觉得很奇怪，其实，季老反对的只是那些为了锻炼而锻炼，除了锻炼之外，似乎就没别的事可做的所谓的“锻炼主义者”。季老的不挑食、不忌口反而保证了营养均衡。不嘀咕是指季老先生心胸开阔，从不去纠缠那些想不开的事，从不为自己的健康怕这怕那。心里没负担加上“勤”，自然百病不生。

“汉语拼音之父”周有光老先生活了112岁，在《周有光百岁口述》一书中，周有光谈到他的长寿秘诀，比如胸襟要开阔，生活要简单、有规律，多吃素、少吃荤、不吃补品，保持好奇心等等。

尽管许多百岁老人谈到自己养生的秘诀是“不养生”，也有许多乡下老寿星根本不懂什么叫养生，但从这些长寿老人心胸开阔，生活独立，随遇而安，以及良好的生活与饮食习惯来看，他们践行的正是养生之道。

从百岁老人的长寿经验来看，养生其实很简单啊，心大一点，少生气，合理饮食，作息有规律，再加上适量活动就行了，没有那么多玄乎的东西。而现在许多人生活紊乱，费力劳神工作而久坐不起，该吃饭的时候应付或不吃，遇到美食就暴饮暴食，该睡觉的时候熬夜，该起床的时候赖床，这些都是对生命很大的伤害。

习性造病，人一定要掌控自己，养成良好的生活习惯。人能否健康长寿，不仅在于你能否懂得许多养生的道理，更为重要的是你能否把养生之道应用到日常生活中去，使之成为生活的一部分。

75

《黄帝内经》养生的精髓

习性造病，如果你把生活中的坏习惯改掉了，你的病就减少了一半。

《黄帝内经》养生的原则有两条：一是调摄精神和形体，提高防病、抗老机能；二是适应外界的环境，避免外邪侵扰。《黄帝内经》首篇《上古天真论》中的两段话是养生的精髓。

第一段话："上古之人，其知道者，法于阴阳，和于术数，食饮有节，起居有常，不妄作劳，故能形与神俱，而尽终其天年，度百岁乃去。今时之人不然也，以酒为浆，以妄为常，醉以入房，以欲竭其精，以耗散其真，不知持满，不时御神，务快其心，逆于生乐，起居无节，故半百而衰也。”

《黄帝内经》强调人可以活到百岁，人之所以没能活到百岁、尽享天年，而是半百而衰、英年早逝，主要有如下原因。(1)饮食不节——“以酒为浆”，恣食过饱，损伤脾胃。(2)酒色太过——“醉以入房”，花天酒地，伤精竭液。(3)起居无常——“以妄为常”，日夜颠倒，损神劳形。(4)情志不佳——“不时御神”，放逸其心，损伤心神。(5)劳作太过——“不知持满”，逆于生乐，极力劳形。

人要健康长寿，就要遵循《黄帝内经》提出的五大养生原则。

第一，顺应自然：“法于阴阳”——顺四时而知寒暑。不违背天时气候，冬天注意保暖，夏季时常纳凉。春养生，夏养长，秋养收，冬养藏。春夏养阳，秋冬养阴。反之就要生病。

第二，导引吐纳：“和于术数”——运动锻炼。导引是我国古代的呼吸运动(导)与肢体运动(引)相结合的一种养生术，现今的保健操、跑步、爬山、游泳等运动锻炼也能起到保健的目的。“和于术数”关键在于“和”字，采用任何一种健身方法，都要做到适中。

第三，饮食规律：“食饮有节”——要注意定时定量，不要过寒过热、食嗜辛咸。如果不加以节制，暴饮暴食，超过脾胃的受纳运化的能力，就会损伤脾胃。

第四，起居养生：“起居有常”——睡眠有规律。晚上熬夜，早晨不起，都是有害的生活方式。睡眠是天然的补药，睡眠可以消除疲劳，恢复精力和体力，从而达到防病强身，益寿延年的目的。

第五，劳逸结合：“不妄作劳”—— 工作不过度。体力劳动过度伤身（骨），脑力劳动或思虑过度伤神。劳逸结合，动静兼施，不可偏废。过度劳倦，便会引起疾病，久视伤血，久卧伤气，久坐伤肉，久立伤骨，久行伤筋。过于安逸，同样对健康不利，身体不活动会导致气血瘀滞不畅，久而久之生命力就会减弱。

第二段话：“夫上古圣人之教下也，皆谓之：虚邪贼风，避之有时，恬惔虚无，真气从之，精神内守，病安从来？”

《黄帝内经》强调“不治已病治未病”。病从何来？一是环境致病：“风、寒、暑、湿、燥、火”六淫，加上“疫”（传染病）是导致人体疾病的外部原因。二是情志致病：“喜、怒、忧、思、悲、恐、惊”七情致病，怒伤肝，喜伤心，思伤脾，忧伤肺，恐伤肾。人怎样才能不得病呢？《黄帝内经》告诉我们：一是对“虚邪贼风”等四时不正之气要避之有时，即避免外邪侵扰。二是恬惔虚无，人要淡去名利、声色等欲望。欲望少了，烦恼自然就少了，烦恼少了心里就会平静，心平则气和，真气自然就会与你形影不离，百病不生。

上述两段话是《黄帝内经》养生的精髓，告诉我们如何养生，怎样才能不得病，怎样才能长命百岁、尽享天年。它与世界卫生组织倡导的“合理膳食、适量运动、戒烟限酒、心理平衡”健康生活“四大基石”异曲同工，并且更加翔实，充分体现了中国人的养生智慧。

《黄帝内经》告诉我们习性造病，人一定要掌控自己，养成良好的生活习惯。如果你把生活中的坏习惯改掉了，你的病就减少了一半。

人能否健康长寿，不仅在于你能否懂得养生之道，更为重要的是你能否把养生之道应用到日常生活中去，使之成为生活的一部分。

76

人体的自愈力

病人最好的医生是自己。

——希波拉底

人之所以生病，不外乎内因和外因两个方面。外因是指影响人体健康的各种不利因素，如细菌、病毒、不良环境等等；内因则是指人体的免疫系统出现了问题，也就是中医所说的“正气”不足。

同样的环境条件下，为什么有的人生病而有的人不生病？这主要与人的免疫力有关。人自身的免疫系统时刻在与细菌、病毒等作斗争，两军交战，自然是兵强马壮的一方胜出。在强大的免疫系统面前，微生物就没有了用武之地，这

与《黄帝内经》“正气存内，邪不可干”的观点是一致的。当免疫系统虚弱、正气不足时，我们就会生病。

人生病后，如果正气逐渐恢复则邪气退去，病情就会减轻而逐渐康复，现代医学称为人的“自愈力”。例如，不小心蹭破了皮肤出了血，过一会儿出血就会止住，再过几天，伤口就会结痂，痂脱后皮肤就会恢复平整。人体的自愈力不仅局限于伤口复原这样的小事，有时即使是医生宣布的绝症也可能柳暗花明，绝处逢生。

德国的一项研究表明，人体自身有能力治愈百分之六十至百分之七十的不适和疾病。但遗憾的是，现代人却不把它当回事，一生病就习惯于依靠药物来治疗，反而渐渐削弱了人体的自愈本能。

自愈系统的复杂和精密程度是今天的科学技术无法比拟的。人体自愈系统调节过程中，常常以减弱身体某些生理活动为代价，这个过程会使人体某些局部表现出一些症状，这其实是一种身体警告。例如人体的发烧，是提醒人体某些地方有了炎症，而发烧则是自愈系统为了医治人体杀死病毒而做的有益调节。

古希腊医圣希波拉底曾说：“病人最好的医生是自己。”从一定程度上讲，医生治病也是通过药物来激发和扶持人体的自愈力，最终治好疾病的，不是药物，而是人们自己。

中医讲“三分治，七分养”，告诉我们千万不要滥用药物。“是药三分毒”，任何药物都有一定的毒副作用。只有合理用药，才能将危害降至最小。

人体的自愈力在很多时候都起着关键性的作用，在医疗不是很发达的时候，自愈力是最好的医生。即使是医学发达的今天，自愈力强也能促进疾病快速愈合。自愈力既是天生的，又是可以被激发出来的，以下是四种增进人体自愈力的有效方法。

（1）心态。多项研究证实，心情愉悦可以提高人体免疫力，减少患病风险。好心态不仅是健康的内在基石，也是对抗各种外邪入侵的天然屏障。人在患病时，如果拥有战胜疾病的信心，那么，就可以有效地调动机体的免疫力量，促进机体早日康复。

（2）营养。营养在中医里也叫做“水谷精微”，意思是食物消化后能被人体吸收的、对人体有益的精华部分。“药补不如食补”，营养对身体很重要，对于患病恢复中的人体尤其重要。营养物质既是维持机体正常运转能量的来源，也是滋润人体生命活动运转的物质基础，更是提高人体免疫力的原料。

（3）运动。运动可以减少压力，改善睡眠，增强人体的免疫力。运动可以治愈很多疾病，特别是慢性病。运动可以增加心脏的收缩、储存功能以及血管弹性，运动可以促进人体血液循环。但需要注意的是要选择适合自己的运动方法，而且运动要适量。

（4）休息。劳累或患病时，休息是恢复体能最有效的方法。睡眠是恢复体能最有效的方法之一，睡眠可以疗伤。人体在睡眠期间，大脑、胃肠道以及相应的脏器会分泌、制造出人体所需要的激素和能量物质，以供人体维持生存、脑力思维和体力活动。如今，很多人喜欢熬夜，以为第二天喝点咖啡又可以精神抖擞，但是，如果连续多天睡眠不足，就会带来诸多健康隐患。

正气存内，邪不可干。增强自身的自愈力，可以去除体内致病的因素，修复受损的机体，重新回归健康。

77

人体老化之谜

葡萄糖和氧，生成了我们，又害死了我们。

人体为什么会老化？是葡萄糖和氧，生成了我们，又害死了我们。生物学研究表明，人体老化主要源于“氧化”与“焦黄”。当铁被氧化时，我们说它生锈了；当面包加热烘烤时，由浅黄变为焦黄，我们称之为烧焦了。对于人体来说，“氧化”和“焦黄”，我们称之为老化。

大家知道，人赖以生存的食物主要是植物和动物，而植物靠光合作用来生长，在阳光的作用下，二氧化碳和水合成葡萄糖并释放出氧

气，太阳的能量转化成生物能储存在碳水化合物的化学键中。

二氧化碳 + 水 + 能量 → 葡萄糖 + 氧

人体的能量来源于葡萄糖，人吃进去的食物最终会消化分解成葡萄糖。人体的能量转化在化学上正好与光合作用相反，人吸入氧气呼出二氧化碳，葡萄糖转化成人体需要的能量。

葡萄糖 + 氧 → 能量 + 二氧化碳 + 水

这就是我们所说的新陈代谢，葡萄糖与氧是我们生命的源泉。然而，新陈代谢会制造出有伤害力的副产品，这个副产品就是我们老化的主要原因。葡萄糖与氧，没有它们，我们就不能活，到头来，又是它们害死了我们。

氧如何让人体衰老？几乎所有的人体细胞中都有线粒体，它们是细胞能量的主要制造所。在这些线粒体内，食物完成最后分解，而我们的灾难也是从此开始的，因为有极少量分解后的氧分子未按照应该的那样溶于水，反而转换成了有害的自由基，叫氧化剂。这些分子专门去抢其他分子的电子和原子——氧化它们——使它们在处理正常的工作上比较无效，而且这会制造出更多的氧化剂来，会伤害更多的分子，这样生生不息，变成循环反应。

新陈代谢制造出来的氧自由基（oxygen radicals），极具破坏力，会伤害我们细胞的重要成分，直到细胞失去功能为止。但细胞本身也有自动修护机制，细胞内有可以溶解被氧化了的蛋白质酵素，使细胞可以再制造出更多没有损害的蛋白质来。绝大多数的伤害是被身体自己修补了，但是没有修补的就会堆积下来。

葡萄糖又如何让人体衰老？血糖升高对我们的器官有副作用，这个过程叫糖基化。葡萄糖是一种黏黏糊糊的东西，当多余的糖滞留在你的血流中时，葡萄糖分子黏附在蛋白质上面，最后与蛋白质结合在一起，形成新的化学结构，这个黏附过程就是糖基化（也称作“焦黄”）。我们的细胞组织接触过量的葡萄糖后发生的事情就像前面比喻的烤面包一样，糖基化很大地改变了蛋白质的结构，阻止它们的正常工作，就像面包一样慢慢地被烤焦。当胶原质开始糖基化，这意味着你的血管、肺、关节僵硬，你的皮肤松弛，你的眼睛的晶状体变模糊形成白内障等等。

“氧化”和“焦黄”是人体两个重要老化过程，其中一个所引起的伤害会影响另一个。了解了人体老化的原因之后，我们就可以采取一些措施来延缓衰老。我们可以考虑从以下4方面入手，让我们老化得慢一点，活得健康一点，活得久一点。

（1）限制糖的摄入。减少甜点、糖果、带糖饮料的摄入，限制卡路里可以抗老化。

（2）多吃抗氧化性的食物。例如绿茶、大蒜、人参都含有比较多的抗氧化物质，花椰菜、蓝莓、红葡萄酒、鱼、鱼油、坚果都有助于提高人体的防御机能。

（3）适量运动。运动本身不会延缓衰老，剧烈的运动还会产生过量的自由基，使体温上升加速焦黄。但运动可以保持体重，控制血糖，促进血液循环，增强免疫力。

（4）减少有毒物质的接触。新陈代谢不是“氧化”的唯一来源，重金属、杀虫剂、除草剂、烟雾粉尘、药物（滥用抗生素、激素）、化妆品、清洁剂、食品添加剂……当你的身体试图驱除它们时也会产生自由基。因此，要尽量减少与有毒物质的直接接触。

78

让身体充满阳光

天之大宝，只此一轮红日；人之大宝，只此一息真阳。凡阳气不充，则生意不广。

——张景岳

中医认为，肾是“先天之本”，脾胃是“后天之本”，养生治病的第一要义是看护好两本。古人有个形象的比喻，脾胃如釜，肾如釜底之火。即把脾胃比作灶台上的锅，火力不够，锅里的食物就煮不熟。因此，要时刻照顾好锅底之火，脾气伤犹可救，肾气伤就难以医治。

《黄帝内经》曰：“阳气者，若天与日，失其所，则折寿而不彰。”意思是说阳气就好像天上的太阳一样，给大自然以光明和温暖，如果失去了它，万物便不得生存。同样，人体若没有阳气，就不能供给全身热量和能量，就失去了生命的活力。就像张景岳所说："天之大宝，只此一轮红日；人之大宝，只此一息真阳。凡阳气不充，则生意不广。"

肾为一身之阳，就像人体内的一团火，温煦、照耀着全身。孩子被称为纯阳之体，就是因为肾阳足。肾阳足体温就高，孩子火力旺，代谢就旺盛，因此总是处于生长发育状态；而老人肾气衰了，体温就偏低，火力不足，代谢也就变缓了，抵抗力变弱，身体状况逐渐衰弱。

肾就是人的根，如大树的根一样，只要根不损伤并能不断吸收营养，树就会不断强壮。同时它的根又会向大地更深、更远的地方伸长，就能抵御风寒。即使树干被吹断了、吹折了，只要根在，大树还会发新枝、长新叶。只要保住树根，大树就能万古长青。人也是一样，只有保住生命之根——肾，才能永葆健康，充满活力。

肾气足，我们的体内就阳光明媚，充满生机，血液运行畅快，各脏器在充足血液的供应下运转正常。而当肾气虚、肾阳不足的时候，身体内就阴云密布，体温就会降低，抵抗力就会下降。体温降低带来的直接后果就是血液凝滞，运行速度变慢。

给身体保温十分重要，外界环境温度下降时要及时增添衣服，可有不少人为了"美丽冻人"而少穿衣服让身体受寒。夏季空调的大量使用，也造成体内阴雨连绵。长期的阴沉，带给我们的是心情压抑、不舒展，身体沉重、乏力、疾病频发等一系列问题。

寒和湿又是连在一起的，当温度下降后，水不易蒸发，湿气就大，湿的沉重反过来又加重了血液的凝滞，使血液运行的速度更加缓慢，这样，各脏器的供血就会减少，脏器的功能就会下降。再加上身体内长期阴云密布，很容易造成细菌繁殖，使体内“发霉”、溃烂，引发各个器官的慢性炎症。如果肾气不能得到及时补充，体内始终见不到阳光，各种脏器缺血、慢性炎症就会久治不愈。最后从量变到质变，血管被严重阻塞，各脏器功能衰竭，慢性炎症发展为各种肿瘤。解决这一切问题的根本就是人体内重新升起太阳，也就是让肾脏重新充满朝气，让我们的身体在充足肾阳的照耀下温度上升，湿气蒸发，这样血液流动自然就畅快了，脏器的供血又恢复了，“霉烂”的地方干爽了……

生命好像燃烧的蜡烛，燃烧得越旺，熄灭得越快。养肾的关键是少私、寡欲和适量运动。体育锻炼、活动肢体能让身体产生阳气，温暖起来，而现代人越来越懒，越来越贪婪，身体阳气自然就越来越少。

给人的“根”不断补充营养、添加燃料、让肾火不灭的就是被称为“后天之本”的胃。五脏皆禀气于胃，首先要吃得下饭，你才有抵抗力，胃口好，活得就好。思伤脾，压力是造成消化不良的主因，饥饱无常是脾胃受损的导火索。因此，养胃的关键就是减少思想压力，饮食要有规律，切记贪凉和大饥大饱。

一日三餐吃进去的食物是保证身体阳气最重要的来源。吃的食物中有温热属性的，也有寒凉属性的。比如冬天喝下一碗热气腾腾的羊肉汤，你会感到全身从内到外都温暖，都舒展开了；喝下一瓶冰镇饮料，那种透心凉会让你身体发寒、蜷缩。温热的食物在温暖全身的同时也温补了肾阳，温热是补，寒凉是泻。肾和胃都怕寒凉，你不能在上面泼洒冷水，而要不断地、适度地添加燃料，才能让肾火烧得旺、烧得久，才能让生命充满活力！

79

西医治病，中医治人

西医治病从“因”入手，找到致病因子然后杀死它。而中医则是从“缘”入手，切断导致疾病的外部条件，辨证施治。

大家都有过看病或陪亲人看病的经历。看西医时，要做一系列的检查，如验血、查尿、心电图、X光片、B超、CT、核磁……找到致病因子，然后打针、吃药，甚至手术。看中医时，要“望、闻、问、切”，号脉给人以神奇之感，找到人体哪里失衡，然后吃汤药或针灸，扶正祛邪。

佛家有句话叫“因缘相合则为果”，“因”指的是产生结果的原因，“缘”则是导致结果的外部条件。打个比方，一粒种子是“因”，土壤、空气、水分、阳光则是“缘”，因缘相合才能发芽。西医治病其实是从“因”入手，找到致病因子——细菌、病毒、癌细胞等，然后杀死它。而中医治病则是从“缘”入手，切断导致疾病的外部条件，辨证施治。

我曾经在平心堂找过中医专家樊正纶教授调理过身体，还听过他的健康讲座。樊教授说过“西医治病，中医治人”，他举过一个例子，生动地说明了中西医治病理念的不同。他讲道，木头可以长蘑菇，但不是所有的木头都长蘑菇，木头只有在特定的环境下才能长出蘑菇来。人体的某个地方长了一个东西，就像木头上长了一个蘑菇，怎么办呢？有两种办法，一种办法是摘掉蘑菇，这是西医的办法；另一种办法是改变蘑菇赖以生长的环境，如果把一个长了蘑菇的木头放到沙漠里，它还会长吗？这是中医的办法。

西医治病见效快，就像有人做了坏事，你把他处理掉，这件事马上就平息下来了。但是，道高一尺，魔高一丈。你想要杀死它，病菌就会千方百计地活下去，它要变异，变异的速度可能远比人类研制药物的速度快得多。无论是细菌、病毒，还是癌细胞，只要给予它们合适的生存条件，它们就会继续生长。如今抗生素、激素类药物使用泛滥，给人体带来了很多副作用，使人体免疫力下降，必须引起社会足够的重视。

在认识细菌、病毒之前，我们的祖先是怎样治病养生的呢？当人处于良好状况时（即阴阳平衡），你可以和细菌、病毒和平共处，中医解释为“正气存内，邪不可干”。而当人体

“正气”不足时，病毒、细菌等“外邪”就会乘虚而入，引发各种病症。中医治病养生，就是用药的偏性来纠正人体的偏性，恢复人体的平衡。

人得天地之全气，物得天地之偏气。大自然赋予了人生命，赋予了自然界一切金、石、草、木等不同的形态、不同的性能。中医在治病的过程中，用这些草根、树皮，用这些金、石、草、木，用这些东西的偏性来纠正人体被打破的内部环境，把你的内部环境调整过来以后，这个致病因子在你这儿就找不到发展的条件了，病就会慢慢好起来。

西医治病是用抗生素、抗菌药来杀死病毒、细菌，而很多中药在实验室里都是杀不死病菌的，比如把大肠杆菌放进藿香正气水里，一个细菌都杀不死，它反而是大肠杆菌的培养基。但人把藿香正气水喝到肚子里，拉肚子的病就好了。为什么？中医认为拉肚子源于体内的寒湿，藿香正气是散寒祛湿药物，可以调整你体内寒湿状态。西医用抗生素，中医用藿香正气，同样可以治疗拉肚子，二者有异曲同工之妙。

中西医治病的理念确实不同，西医见效快，但经常是头痛医头，脚疼医脚。人发烧时，西医通常用抗生素或抗病毒药，烧是退了，但病人感觉身体发“虚”，饮食没胃口，口干舌燥，身上十分难受。而中医虽然见效慢，但重在治本。中医所说的治病必求于“本”，并不只是根据“外邪”对症“驱邪”，而是要调适人体的阴阳，使人体重新达到平衡，病治好了，健康也恢复了。西医治病，中医治人。从中医文化理论的角度讲，中医更强调以和为贵，更侧重用药性的偏性来纠正人体的偏性，使得人体被破坏的平衡达到一种新的平衡状况，使疾病不能在人体里找到发展的余地。中医从本质上来说不是治病，而是治人。

医学的根本目的是维护健康，驱除疾病是维护健康的重要内容，但不是全部。只有发挥中医、西医的不同特色，才能真正达到既治标又治本的目的。

80

中药和西药

中医、西医各有所长，又各有所短，我们应保持开放的心态，很好地把中西医结合起来。

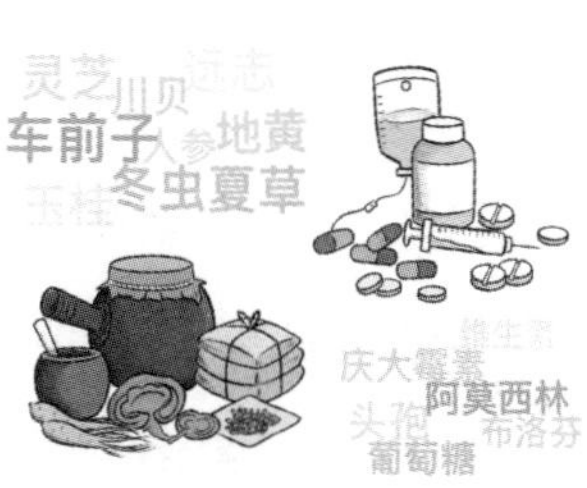

据世界卫生组织统计，西药产生至今共生产了1万多种药物，而如今用于临床的仅有1000种左右，为什么百分之九十多的西药都被淘汰了？中药为什么千年不变？

西药是化学合成药物，仅有一百多年的历史。尽管西药有许多毒副作用，但西药见效快，如今已经占领了全球主要医疗市场。20世纪抗生素和疫苗的发明，使多数曾经危害人类的病毒性及细菌性疾病如天花、麻疹、乙脑、猩红热、疟疾、伤寒、鼠疫、霍乱等基本被消灭，这无疑是西药发挥的巨大作用。

西药不断推陈出新，中药千年不变。我认为原因在于中医与西医是两种截然不同的治病模式。西医是通过去掉病灶来去除疾病，通过“视、触、叩、听”，借助现代化仪器找到致病因子 —— 细菌、病毒、癌细胞等，然后杀死它。而中医靠增强病人自身的抗病能力来达到去除疾病、恢复健康的目的，通过“望、闻、问、切”，辨明身体的寒热虚实、表里阴阳，用中药的偏性 —— 温热寒凉 —— 来纠正人体的偏性，恢复人体的平衡，帮助人自行愈病。

西药不断被淘汰，我觉得原因有二。一是西医是实验医学，是从实验室走向临床，是建立在科学基础上的现代医学。西药是分子学科，现代生物学认识到分子阶层，现代物理学认识到粒子阶层，基本粒子仍是在分割更小的粒子。科学一日千里，所以西药也不断更新换代，不断研制出更有效的新药。二是由于细菌、病毒的不断变异，产生耐药性而使原来的药物失去疗效，细菌、病毒变异的速度可能远比人类研制新药的速度快得多，因此，需要研制出新药物而应对不断变异的细菌和病毒。

中药为什么千年不变？我觉得原因也有二。一是中医是临床医学，是中医先贤们经过几千年的临床实践经验的总结，无论科学怎样进步，它的基础理论体系没有改变。中医强调以和为贵，更侧重用药性的偏性来纠正人体的偏性，使得人体被破坏的平衡达到一种新的平衡状况，使疾病不能在人体里找到发展的余地。中医从本质上来说不是治病，而是治人。二是中医所使用的药品完全来自天然草药，很多都有双向调节作用。两千多年的积累，中医基本掌握了中草药的特性，通过配伍几乎可以防治所有疾病。每一服药都是一个复方，中药的配伍可以起到以不变应万变的作用。

中医与西医的区别还在于认识疾病观点不同，中医辨证，西医辨病。西医诊断的最终目的，是获得疾病的准确或精密概念，如果对某个病症的机制没有搞清楚，西医临床就无从下手。西医对于新型的尚未取得实验数据的疾病，往往缺乏有效的防治手段。例如，SARS、艾滋病，西医仍在设法取得“经验”。中医辨证是对患者当时的病位、病性或病理的综合判断，辨证出寒热虚实、气滞血瘀，从而采用温清补泻治则，理气活血治法。中医秉持“整体观”，“辨证施治”，“配伍用药”，无论是SARS还是艾滋病，无论什么样的新疾病，中医都可以依据中医理论辨证论治，用中草药复方，来治疗名目繁多的现代病。

作为中国人，我们应该庆幸生活在中西医并存的时代，这为我们身体的健康提供了双重保险。中医、西医各有所长，又各有所短，我们应保持开放的心态，很好地把中西医结合起来，把医学事业推向更高的高度和水平。西医的各种急救措施（包括输液、输血、手术等），在保住生命、挽救生命上是功不可没的，也是中医无法相比的。在对传染病的预防上，西医的疫苗无疑是安全、有效、方便的。而中医在增强身体抵抗力，提高身体素质，有效抵御传染病入侵方面，同样具有有效的防病意义。在传染病的治疗方法上，中医要强于西医。在治疗各种慢性病上，中医绝对是强项，这种对身体的全方位调理，使身体恢复平衡，达到健康长寿的目的，是西医很难做到的。

第 9 章

终极之问

· 爱因斯坦心中的上帝

· 向死而生

· 书籍未来会消失吗

· 人生而平等和皆可为圣贤

· 公平和效率能否得兼

· 存在理想的社会制度吗

· 2050 年的世界是什么样子

· 未来真的可以预测吗

· 外星人就在月球背面吗

· 终极之问

81

爱因斯坦心中的上帝

上帝与大自然是同一回事（Nature =God）。

——斯宾诺莎

爱因斯坦因创立“相对论”而对现代物理学做出了划时代的贡献，作为犹太人的他，常常在交谈或文章中谈到“上帝”，其中最著名的一句话是“上帝不掷骰子”。爱因斯坦心中的上帝到底是什么？在爱因斯坦76岁的生涯中，曾多次坦率地谈到过他的宗教信仰。

1929年4月24日，纽约犹太教堂哥尔德斯坦牧师发了一封电报问爱因斯坦：“您信仰上帝吗？”爱因斯坦当日回电报说：“我信仰的是斯宾诺莎的上帝，他以万物之秩序示现，不会干涉人的命运和行为。”

1929年，爱因斯坦在接受一次采访中，被直截了当地问及“你是否信神?”“我不是无神论者,”他开始说道,“这个问题的涉及面对于我们的思维而言过于广泛。我们就像一个进入大型图书馆的孩子，图书馆里摆满了用各种语言写成的书籍，而孩子无所适从。孩子知道肯定有人写了这些书，但他不知道是怎么写的，也不认识写这些书的语言是哪种。孩子隐约觉得书的摆放都依循某种神秘的顺序，但他不知道那是什么。对于我来说，即使最聪明的人对待上帝的态度亦是如此。我们看到宇宙间万物惊人地排列在一起，遵循着特定的法则，但我们只是朦朦胧胧知道个大概而已。”

1930年11月11日，爱因斯坦在《柏林日报》发表一篇论述科学与宗教的文章。爱因斯坦把人类宗教观的发展分为三个阶段：恐惧宗教（即原始宗教）、道德宗教和宇宙宗教感情。爱因斯坦认为，一切宗教都是恐惧宗教和道德宗教不同程度的混合，随着社会的发展，道德宗教越来越占优势。至于第三阶段，宇宙宗教感情没有任何拟人化的特征，所以不需要任何外表形式，诸如直指蓝天白云的教堂尖顶、半明半暗的烛光以及其他仪式。

1949 年 9 月 28 日，爱因斯坦在回复一名美国海军拉纳的来信中写道:“我反复说过，在我看来人格化的上帝是幼稚的。你可以称我为不可知论者，但我并不具有专业无神论者那种十字军般的精神…… ”

由此可见，爱因斯坦心中的上帝绝对不是基督教或犹太教人格化的上帝。“上帝”绝不是一个永远躲在彩云后面的长须白发老翁，绝不是一个能干涉自然界事件的人格化了的神，而是颠扑不破的宇宙规律。

爱因斯坦心中的上帝是斯宾诺莎的上帝，也就是我们说的“泛神论”。“泛神论”的核心是大自然即上帝，上帝即大自然。从古希腊某些思想家，直到现代西方一大批自然科学家，他们的宗教信仰大都是泛神论。泛神论在17世纪荷兰哲学家斯宾诺莎手里发展到了完美的地步，斯宾诺莎认为，上帝与大自然是同一回事（Nature =God=Nature）。

翻开西方近代科学文化思想史，斯宾诺莎的泛神论深深影响了西方整个文化——从哲学到文学，从绘画到音乐，再到自然科学。许多科学家、艺术家的宗教信仰（如果说算是宗教信仰的话），就是笃信宇宙万古不变的井然秩序，赞叹自然结构的美、对称性与和谐。

我们不难想象，只有一个对宇宙的井然有序和对称美怀有一种深深敬畏和欣赏的心，才会发现自然界一些最基本、最深邃的奥秘：时间、空间、质量、引力、运动和光速的本质以及他们之间的内在联系。

关于“泛神论”的实质，叔本华有一句很贴切中肯的评语：泛神论就是一种“客客气气的无神论”。费尔巴哈也表述过类似的见解：“泛神论是站在神学立场上对神学的否定。”

“上帝不掷骰子”是爱因斯坦对于自然哲学的见解，拿骰子说事是因为他不认可量子力学哥本哈根派的随机解释，而认为每一次的测量结果应该是确定的。爱因斯坦常常谈到“上帝”之类的话，那只是他为了方便，也出于幽默。

在弄清了爱因斯坦心中的上帝就是自然界因果律的时候，我们就不会对爱因斯坦经常提到“上帝”而感到困惑或惊异了。在爱因斯坦看来，这种崇高、庄严的宇宙感情，不仅是科学研究最强有力、最高尚的动机，同时也是创作伟大艺术作品最富于生气的灵感源泉。

82

向死而生

对待死亡的观点，决定了一个人面对人生一切问题的答案。

著名主持人李咏罹患癌症，50岁在美国去世，大家无不为他的英年早逝而感到惋惜。李咏主持的多档节目深受观众欢迎，央视《非常6+1》的场景时常浮现在人们的脑海，有人感叹道："砸金蛋，砸金蛋，砸了健康就完蛋。"

金庸先生是武侠小说泰斗，94岁辞世，则属于喜寿。金庸（原名查良镛）的武侠小说风靡全球，在华人社会流传甚广。金庸小说的侠义在于为国为民，家国情怀，他的多部小说被搬上了银幕，影响了几代人。

对于二人的辞世，特别是对李咏的英年早逝，大家谈论或者感叹最多的主要有两个方面。

一是感叹生命的短暂，奉劝朋友与家人要关注健康，要好好地活着。健康面前人人平等，它不因人的名声、金钱与地位而变化。许多人由于竞争与工作压力，或者为了别的利益而忽视了健康，过度透支导致未老先衰。

二是“如果死亡必将降临，那么人生的意义到底如何?”死亡是每个人必须面临的问题，记得10来岁时，当我第一次意识到人会死的时候，心里的那个隐隐作痛至今难以忘怀。其实，人从一出生就面临着死亡，我们过的每一年、每一天、每一小时，甚至每一分钟，都是走向死的过程，从这个意义来说，人生就是“向死”的过程。

历史上曾有人寻找长生不老的灵丹妙药，如今看来那只是一场白日梦，人的死亡根本无法避免。海德格尔在《存在与时间》一书中，用理性的推理详细地讨论了死的概念，并最终对人如何面对无法避免的死亡给出了一个终极答案：生命意义上的倒计时法——“向死而生”。

面临死亡，有些人把希望寄托于来生，相信生命的轮回。毫无疑问，这种方式安抚了许多人对死亡的恐惧，但是，在我看来，那就像是绕着死亡白跑了一圈——死亡被否认了，死亡不是最终结局，“死亡”不死。

对待死亡的观点，决定了一个人面对人生一切问题的答案。

我们每个人都是自由的，也是孤单的，我们偶然进入了这个冷漠的宇宙之中，终有一死。而直面死亡，人生反而会丰富起来。直面死亡实际上能驱散愁云，使你心胸开阔，活得更幸福。

蒙田说过，我们的房间应该有一扇可以俯视墓地的窗户，那会让一个人的头脑保持清醒。面对死亡，正确的方式不应该是恐惧，而应该是感激，感激我们拥有生命。既然我们终将死去，那么我们应该怎样生活呢？我们应该尽可能多地去体验，让生命包含尽可能多的内容，让人生充满意义。

我们每个人都独自被带到这个世界上，既没有预先设定的人生，也没有最终确定的命运，每个人都有权利来选择自己的人生。叔本华关于人生选择的三个问题值得我们思考。

（1）我拥有什么？追求金钱和财富是无止境的，它并不能给我们带来快乐。财富就像海水，我们喝得越多，越觉得饥渴。到了最后，我们不但没有控制财富，反而被它控制了。

（2）我在别人眼里是什么样的？名声和财富一样最终会消失殆尽。人生中一半的担心和焦虑来自总是考虑别人的看法，我们必须拔出这根“肉中刺”。其实别人的看法不过是幻觉，任何时候都可能改变。

（3）我是谁？叔本华认为，这才是人生至关重要的问题。你最大的目标应该是身体健康，心情愉快。这样，你的思考才不会枯竭，你才会独立，才能拥有品行端正的人生，内心的平静也来源于此。

只有真正领会到人的处境——人的有限性和那短暂的生

命之光，我们才能活在当下，享受那份生命的喜悦。尼采有一句著名的格言“爱你的命运”，意思是说要发挥你的潜能，创造你所热爱的人生，成为你自己。只有这样，也只有这样，才能死而无憾。

83

书籍未来会消失吗

纸质书存在的时间横跨两千年，容易给人一种错觉，觉得其永久不会消亡。

自1982年来北京上大学及留京工作以来，王府井书店就成了我常逛的地方，当然还有三联书店和西单图书大厦等，至今还保存着三家书店的会员卡。我把书店看成是知识的海洋，一个月不去趟书店就好像心里缺少点什么似的。如今，买书都在网上书店，我有好几年没去过王府井书店了。前些天去了一趟王府井书店，眼前的情景让我大吃一惊！书店地下一层原来是音像图书，如今改成了“读者美食”，一个个小餐馆散发着混合的饭菜味；一层社科图书旁摆着“北京礼物”，二层儿童图书、教育图书旁摆上了书包、写字桌、玩具，三层的语言、生活保健图书旁摆上了运动服和运动鞋，还开设了配镜中心，四层中外文学、音乐戏剧图书旁摆上了围巾和工艺品，五层的专业图书旁摆上了精美的水壶和茶具…… 看到上述情景，你一定认为我进了百货商店。但这的确是互联网冲击下的王府井书店现状，如今网络购书和电子阅读给实体书店造成了太大的冲击。

2003年以来，中国电子商务迅速发展，“电商”的兴起严重冲击着“店商”，如今人们足不出户就可以从网上以便宜的价格买到自己喜欢的商品。书店也不例外，网上书店的崛起给传统书店造成了巨大的冲击，海量的书目、便捷的购买环境以及打折后低廉的价格，都让传统书店难以抗衡。随着数字化阅读的兴起，人们的阅读和图书消费行为在发生着改变，电子书的出现对纸质书是极大的冲击。特别是近些年，博客、微博、微信的流行，人们更喜欢以手机、电子书、网络等电子终端为主要载体的“碎片化”阅读。

“碎片化”阅读有利于实现阅读全民化、普及化，人们随时随地可以查阅信息，阅读变得轻而易举，无论是教授、学生还是农民，都可以平等地分享人类的智慧，足不出户就可知晓天下事。但碎片化阅读容易使人产生思维惰性、缺乏系统思考和判断能力。长期习惯于“碎片化”阅读，必然导致读者头脑浅薄化和思维碎片化。还有“碎片化”信息汹涌而至，是非真假优劣一拥而上，容易使人们思想发生混乱。

我个人不反对“碎片化”阅读，但希望大家能有更多时间系统地阅读纸质书籍，享受安静阅读的快乐。左手网络，右手书籍，把二者很好地结合起来。以电子书、网络等电子终端形式的阅读必然是未来发展的趋势，这样就产生了一个问题：书籍和书店未来会消失吗？可以肯定，纸质书阅读所占的比重会逐渐变小，但在相当长的一段时间内两者还会平行发展，书店在未来相当长的时间也不会消失。目前，实体书店应对冲击采取了许多措施，有的书店变成了让人去体验文化、丰富精神需求的休闲场所。许多书店不光能看书，还能听音乐、喝咖啡等。

至于纸质书未来会不会消失，我个人判断一定会的。因为纸质书是载体，是知识传播的一种具体工具，世界上没有一种工具是能够永久存在的，就像古老的竹简和羊皮卷，当纸质书出现以后，竹简和羊皮卷就不再延续。纸质书始终是一种工具，既然是工具，当有更先进的工具出现之后，其必然走进历史的博物馆。

纸质书存在的时间横跨两千年，容易给人一种错觉，觉得其永久不会消亡。但你是否知道在纸张出现之前，竹简作为书写工具长达数千年。我们可以猜想，当纸张出现后，当时的人们也肯定在争论，竹简书籍在未来会消失吗？

就像当初的马车一样，当汽车、火车出现以后，马车就基本上成了旅游的专属品了。又像当年的胶卷和磁带，当数码产品出现后，它们就成为一种历史物件。还有，钢笔和圆珠笔出现后，谁还用毛笔写字呢？如今人们用毛笔练书法，书法已经成了一种艺术。

人们最早在墙壁上刻画，后在甲骨上刻字，以后用青铜器、用竹简、用纸张记录文字，通通是一种知识的工具，今天人们开始用电子工具记录文字，也是一种知识的工具。从这个大方向来讲，纸质书的消失只是时间问题。

84

人生而平等和皆可为圣贤

强大的内心是自己的上帝。

有两个观念始终困扰着我：一是西方人提倡的“人生而平等”，二是东方人提倡的“人人皆可成为圣贤”。因为现实社会中，人生来就不平等，也没有那么多人成为圣贤。

多年来，我在不断寻找合理的解释来消除我的思想之惑。“人生而平等”是欧洲宗教改革、启蒙时期提出的思想，是指人在道德水平上的绝对平等，每个人都可以通过自己的努力成为一个有道德、正义的人。每个人都有良心和圣洁的本

质，每个人都有勇气去运用自己的理性。

宗教改革之前，欧洲经历了长达千年的中世纪黑暗，教会掌控一切，甚至出现了“赎罪券”现象，下层百姓苦难不堪。马丁·路德的宗教改革打破了人对权威的信仰，树立了“上帝面前人人平等”的理念，给欧洲带来了光明，是启蒙运动的前奏。马丁·路德认为，只要有虔诚的信仰，灵魂便可得到拯救。不需要借助外在的制度，不用靠牧师，甚至不要靠教皇来帮忙，自己可以与上帝直接对话，自己可以通过信心得救。

通过对“人生而平等”思想起源的了解，我豁然开朗，王阳明“人人皆可成为圣贤”的观念其实与“人生而平等”的内涵异曲同工。如果说马丁·路德强调的是无须借助外力，自己通过对上帝的虔诚信仰就能使灵魂得救，成为一个有道德、正义的人。那么，王阳明则强调的是每个人都有良知，每个人都有成为圣贤的潜质。像尧舜那样的圣人，人们通过自身的修炼也可以达到。他说“天地虽大，但有一念向善，心存良知，虽凡夫俗子，皆可为圣贤”。

看来“人生而平等”和“人人皆可成为圣贤”的观念，都因为其字面意思被人曲解了，二者的真正内涵都强调的是人的内心，人的主观能动性，强大的内心是自己的上帝。在《传习录》中，王阳明指出：良知在人，永远不可能消失，即使是盗贼，你喊他贼，他也不爱听，这就是良知永远存在的体现。那些不肯致良知的人，只是良知被物欲所遮蔽，并不是说他没有良知了。正如乌云遮蔽了太阳，你能说太阳消失了吗？

王阳明有著名的四句教：无善无恶心之体，有善有恶意之动，知善知恶是良知，为善去恶是格物。良知是心之本体，无善无恶就是没有私心物欲遮蔽的心，是天理，在未发之中；当人们产生意念活动的时候，把这种意念加在事物上，这种意念就有了好恶、善恶的差别，可以说是“已发”，事物就有中和不中，中者善，不中者恶；良知虽然无善无恶，但却自在地知善知恶，这是知的本体；一切学问，修养归结到一点，就是要为善去恶。

有个案例很好地说明了王阳明的这四句教。有位老农穷得吃不上饭了，找到王阳明卖地，王阳明看他可怜，不忍心买他的地，就先借钱给他。后来王阳明游玩时，看到一块风水宝地，他说：“这块地的风水太好了。”他的弟子告诉他，本来老农要卖的就是这块地，王阳明后悔了，但他又说：“我怎么会生出‘后悔’的想法呢？”于是他闭目冥想，过了一会儿，睁开眼说：“刚才的私欲已经被我克掉，我的心情又回归愉悦了。”当王阳明没有看到那块地时，他的心没有动，是“无善无恶心之体”；看到地之后，生出了“风水宝地”的想法，这是“有善有恶意之动”；当他发现自己有后悔的念头又感到羞愧时，是“知善知恶是良知”；最后克服了私欲，心情复归于平静愉悦是“为善去恶是格物”。

王阳明对儒学的贡献，我觉得就像马丁·路德对基督教的贡献一样。马丁·路德最大的贡献在于打破权威，恢复人的理性，树立了“上帝面前人人平等”的理念。王阳明心学则吸收了佛老（尤其是禅宗）思想，改造了当时死气沉沉的儒学。“致良知”说，解放了人心，开放了入圣的道路，王阳明心学的思想是入世的，是彻底的“心学”。阳明心学的活力所在，也是其“主观性”的潜在危机，“人人皆可成为圣贤”是不现实的，就像“人生而平等”一样，只能是人类的一种理想追求，但不乏其进步性。阳明“心学”有其永恒的价值所在，实不可费；若人们忘了“本心”，而去“逐外物”，则会出现另一种危机。对于我们正处于物质世界极大繁荣的今日，是一个值得思考的问题。

85 公平和效率能否得兼

公平和效率都是人类追求的目标，但二者又是一对矛盾，是人类社会两难的选择。

《孟子》曰："鱼，我所欲也；熊掌，亦我所欲也。二者不可得兼，舍鱼而取熊掌者也。"公平和效率就像鱼和熊掌，都是人类追求的目标；但二者又是一对矛盾，是人类社会两难的选择，二者能否兼得？

有的人希望社会是公平的，没有人压迫人，人剥削人的现象。有的人则认为公平很难实现，而提高效率，扩大财富的创造才是现实的。马克思显然以追求公平为主，而斯密、马歇尔则以效率为目标。

市场经济能够实现资源的优化配置，但市场制度不会自动实现社会平等，相反，贫富不均正好就是市场制度造成的。资本主义制度无疑给社会带来了巨大财富，但也给社会带来了严重的不平等。就美国来说，百分之十的最富家庭占社会财富的大约百分之七十，而百分之九十的家庭仅占社会财富的大约百分之三十。美国的民主党和共和党之间似乎也有公平和效率之争，民主党比较注重公平，共和党比较注重效率。但总体来说，美国还是注重效率，美国不存在社会主义。

生产资料的私有制确实导致社会的不公平，而公有制可以解决这个问题，但财产权的剥夺扼杀了人劳动的积极性，必然导致“吃大锅饭”的平均主义，使其极其缺乏效率，从而导致社会的贫穷，同时难免发生权力的不公平，这已被实践所证实。新中国成立以来，毛泽东无疑偏重公平，邓小平则偏重效率。中国的改革开放，不但帮助14亿人摆脱了贫困，而且创造了人类从未有过的经济奇迹。但市场化改革又造成了贫富差距越来越大，社会矛盾越来越显著。于是追求公平的呼声越来越强烈，如何协调公平和效率的问题，是中国未来发展中极其重要的问题之一。

我们必须承认，由于资源的稀缺性与人的欲望的无限性之间的矛盾，在公平与效率、理想与现实之间寻找平衡考验着施政者的智慧。如果对公平的要求太高，将会损害效率，造成经济倒退，甚至再次陷入贫困；但如果忽视公平，并让其扩大下去，则会造成社会动乱。中国需要防止这种倾向出现，重回老路或全盘西化都是不可取的。我们必须打破条条框框的束缚，通过制度创新，在公平与效率之间找到平衡。

一是实施“市场型按劳分配”。我们绝对不能把公平歪曲为收入和财富上的“平均”或“均等”，必须承认个人能力和贡献上的差别。我们追求平等但绝不能放弃市场制度，因为这是保证资源配置合理的唯一方法。但市场制度必须是一个有秩序的市场制度，个人的财产权必须得到保护，必须有公正的司法系统，保证人的发展机会也是平等的。

在市场经济条件下，由于企业是一个独立的商品生产者，因此按劳分配的实现必须以企业为中介，通过国家、企业和个人三者之间的分配关系来实现。在市场经济条件下，作为按劳分配尺度的社会劳动，不仅包括生产过程中脑力和体力的支出，还包括管理和经营等特殊的劳动形态。企业的劳动成果和收入水平不仅要受企业劳动者劳动强度和熟练程度的影响，更重要的是要受企业经营和管理水平的影响。

我们不应把市场经济与按劳分配对立起来，按劳分配与市场经济相结合不仅有利于按劳分配原则的实现，而且也有利于社会主义市场经济的形成与发展。

二是合理发挥政府的调节作用。我们可以发挥政府的力量，还有民间的力量，对财富进行二次分配。政府利用累进式的个人所得税、财产税、遗产税等制度来实现；非政府组织的二次分配则是自愿的，即慈善性捐款。如果中国未来能够进入这种理想状态，由市场做初次分配，由政府和非政府组织做二次分配，就可以在实现社会繁荣的同时，又有一个可接受的公平状态。

鱼和熊掌完全可以兼得！我们完全可以通过制度的创新和不断地实践和修正，通过有效的市场竞争和政府调节，直接和间接地促进效率的最大化和社会的公平，逐步建立一种公平与效率兼得的良性循环机制，来实现全社会的共同富裕和经济、政治、文化的可持续发展。

86
存在理想的社会制度吗

“乌托邦”一词源于英国作家托马斯·莫尔的小说《乌托邦》，莫尔将希腊文的“没有”（ou）和“地方”（topos）结合起来，创造了一个拉丁新词Utopia，意指“乌有之乡”。莫尔在《乌托邦》（1516年）一书中，虚构了一个大西洋中的岛国“乌托邦”，借一位异教徒水手拉斐尔·希斯拉德之口，将乌托邦描述成一个完美、理想的国度，那里没有私有财产，没有贫穷，没有堕落，物资充裕，环境优美，人人每天工作6小时，在饮食、

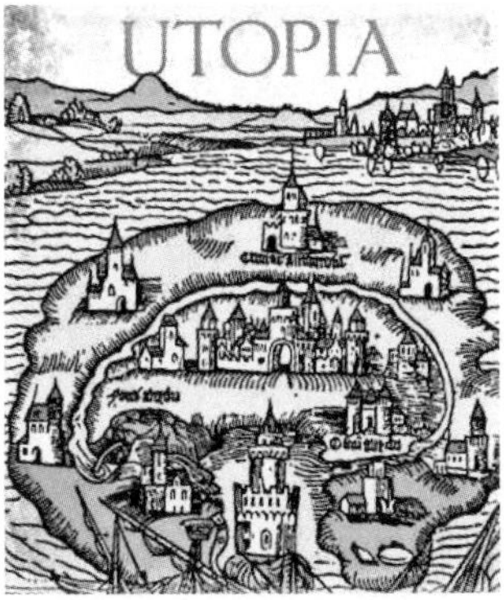

乌托邦（Utopia）——“乌有之乡”。

医疗、教育、学术、娱乐等各种公有的体制中，享受自由、幸福的生活。

许多西方作家都曾沿着莫尔的这个思路写过类似的作品，譬如，意大利作家康帕内拉写过《太阳城》（1602年）、英国作家培根写过《新大西岛》（1626年）、美国作家贝拉米的《回顾》（1888年）等都是这类乌托邦作品。

乌托邦理想其实在人类社会早已经存在，公元前5世纪，柏拉图描述的《理想国》正是后来莫尔《乌托邦》的雏形。孔子在《礼记》“礼运”篇中曾清晰地提出了“天下大同”的思想:“大道之行也，天下为公，选贤与能，讲信修睦。故人不独亲其亲，不独子其子。使老有所终，壮有所用，幼有所长，矜寡孤独废疾者，皆有所养。男有分，女有归。货恶其弃于地也，不必藏于己，力恶其不出于身也，不必为己。是故谋闭而不兴，盗窃乱贼而不作。故外户而不闭，是谓大同。”我国东晋时代著名诗人陶渊明曾写出的那个与世隔绝的、仙境般的“桃花源”，正是一个和平、恬静、安适，井然有序，人民安居乐业的乌托邦社会。近世康有为将这种思想表述在其著作《大同书》中，可见乌托邦理想是一种普世情怀、一种人类共有的精神财富。

毋庸置疑，“乌托邦”是导致社会主义和共产主义诞生的一个不可缺少的因素。乌托邦理想在圣西门、傅立叶、欧文、莫里斯等社会主义者那里发展到极致。傅立叶笔下的乌托邦就是一个人们在性和饮食方面具有极度自由的天堂，在那里即便最贫穷的人也可一日五餐，并有12种汤、12种面包、12种酒和

12种肉和蔬菜的调料可供选择。尽管他们提出了公有制、人人平等、人人劳动、按需分配的社会主义原则，勾画出了一幅理想社会的蓝图，然而他们并没有提出实现这一理想的途径，因而被马克思主义者称为空想社会主义。

20世纪以来，人们更多地看到的是“乌托邦”理想难于实现，两次世界大战的浩劫、核子战争的威胁、极权政治带来的灾难、现代化与高科技产生的异化、传统社会主义实践的失败，凡此种种，都让人们对乌托邦的理想产生浓重的幻灭感。这种幻灭和悲观的情绪生动地反映在文人创作的所谓“反面乌托邦”的作品和学者们对乌托邦问题的讨论中。所谓“反面乌托邦”是指作家以尖刻嘲弄的口吻写出的乌托邦作品，如赫胥黎的《美妙的新世界》、奥威尔的《一九八四》和札米亚京的《我们》就是三部最著名的反面乌托邦小说。《美妙的新世界》中的乌托邦是500年后一个一切都处于高科技调控下的“美丽的”“新”社会，尽管人的物质和精神需求获得了较大的满足，然而，人从孕育、出生到老死的整个一生的种种活动又都完全处于高科技的控制下。《一九八四》和《我们》同样讲现代科技和极权专制对人性的戕害。我们不难看出，20世纪的人们，特别是知识阶层，对莫尔式乌托邦理想的深重幻灭和悲观情绪，对人类社会未来改善的彻底绝望。20世纪初社会主义社会的建立，曾经给人们带来了一种崭新的理想社会模式，但20世纪末东欧及苏联社会主义先后解体，以及随之而来的资本主义市场经济在全球范围内的胜利，又使人们陷入了困惑。日裔美国人福山曾提出“历史终结论”，认为历史将终结于西方的自由民主制。历史不会终结，“历史终结论”本身就是一种观念的僵化，资本主义毕竟千疮百孔，充满弊端和不完美。我们不应该放弃理想，不应该停止对理想社会制度的探索。但我们必须承认，由于资源的稀缺性与人的欲望的无限性之间的矛盾，在公平与效率、理想与现实之间寻找平衡考验施政者的智慧。

87

2050 年的世界是什么样子

中国未来的增长将更多地依靠消费和产业升级拉动经济发展，实现经济转型。

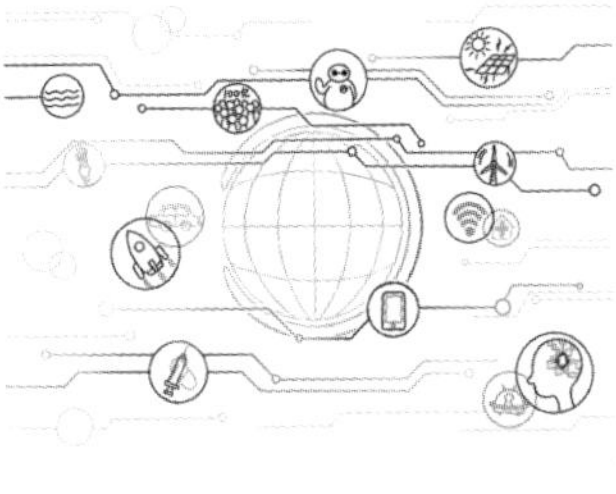

2013年，我在撰写《截断亏损，让利润奔跑：我的股票交易“15法则”》一书时，在“第5章 选股——寻找出色的企业”一章中，我对世界和中国的未来发展趋势进行了大胆的想象。几年过去了，回头来翻看，虽然显得有点幼稚，但感觉很有意思，现在一字未改拿到公众号“思想者札记”和大家分享，不当之处希望批评指正。

书中写了我对2050年全球发展的50个期望（预测）。

（1）人工智能普及化；（2）草

根型媒体（媒体大众化）;（3）“送货到家”业务普及;（4）生活虚拟化（害怕现实）;（5）情感低能儿（童年早熟，成年不成熟）;（6）信仰危机，自杀人数增多;（7）单身族，独居，单身家庭占人口百分之五十以上;（8）监视器、互联网高度发达，隐私消失殆尽;（9）台式电脑将消失，处理事务在手机和家电上进行;（10）无纸办公;（11）自助出版，书籍不会消失;（12）网上抄袭;（13）电子投票、电子付款;（14）系统瘫痪经常出现;（15）娱乐业成了最大行业;（16）园艺大受欢迎;（17）脑与机器对接;（18）脑植入芯片;（19）纳米机器人出现;（20）流行病增多;（21）许多疾病被根除;（22）电子医院;（23）家庭医院;（24）克隆人出现;（25）消除记忆、恢复记忆药丸;（26）百岁老人多如牛毛;（27）全球人口超过100亿;（28）功能食品大众化;（29）机动车不再用汽油，石油只用来生产塑料、树脂、橡胶;（30）私家车被城市边缘化;（31）节能灯普及;（32）太阳能发电占到整个发电量的百分之二十;（33）风能发电占到整个发电量的百分之十五;（34）电动时代来临;（35）二氧化碳转化为能源;（36）新型燃料出现;（37）暗物质、暗能量被揭示;（38）全球变暖;（39）海洋时代到来;（40）太空旅行大众化;（41）物质主义、拜金主义失去吸引力;（42）恐怖主义仍然存在;（43）核恐怖、生物威胁仍在;（44）宗教仍存在，进化论与神创论之间争论仍很激烈;（45）民族主义消失;（46）没有国界;（47）中国成为第一经济强国;（48）集体主义战胜个人主义;（49）更多的女性当领导;（50）世界处于融合，不再有资本主义和共产主义意识形态对立，混合经济成为普遍模式。

书中还对中国经济增长的潜力和未来发展进行了分析：1987年，中共中央召开党的十三大会议前夕，邓小平明确阐述了中国长远发展“三步走”战略：第一步，从1981年到1990年实现国民生产总值比1980年翻一番，解决人民的温饱问题；第二步，从1991年到20世纪末，使国民生产总值再增长一倍，人民生活达到小康水平；第三步，到21世纪中叶（2050年），人均国民生产总值达到中等发达国家水平，人民生活比较富裕，基本实现现代化。

改革开放以来，中国发生了巨大变化。经济体制由计划经济转变为市场经济，经济结构由农业为主转变为工业为主、未来转型为服务业为主，GDP从改革前的第10位升至目前的第2位，未来还会跃升到第1位，实现中华民族的伟大复兴已是全中国人民的共识。

中国经济增长的潜力主要有：①中国人口基数大，吃穿用住行、生老病死等刚性消费支出市场容量相当大。②中国已经出现富裕阶层，奢侈品消费潜力巨大，已成为全球第二大奢侈品市场。③城市化还远未结束，城市化过程中会有大量的基础设施、住房等建设。④劳动力素质逐步提高，劳动技能和生产效率也随之提高，会增加经济活力。⑤国家对经济控制力强，进行经济结构调整，引导市场发展的力量不可小视。⑥中国企业实力加强，慢慢走向世界，在全球范围的资源和市场开展竞争。

中国未来的增长将更多地依靠消费和产业升级拉动经济发展，实现经济转型。

88

未来真的可以预测吗

决定命运的是有序性部分，有序性往往以趋势的形式出现。人的行为模式越是符合趋势性质，结果就越有利。

未来是未知的，但许多人想知道自己的未来。或许是对未来寄予希望，想知道自己的前程；或是处于对未来的恐惧，想知道未来的祸福，避凶化吉。人们往往在处于困境时更容易相信街头的算命先生，因为他们希望自己能时来运转。算命总会有市场，也充满各种骗局。

未来真的可以预测吗？人们总想通过某种方式来预测未来，希望能找到未来的一些线索与图像。从最通俗的生辰八字、面相、属相、星座、手相、解梦、卜卦、占星、初期社会的神谕，到神权时代的世界末日预言，以及到了现代的科学预测，都有一波波精彩的表演。

科学预测可能更迷惑人，它是围绕数学模型而发展起来的。科学预测最成功的可以说是天气预报，因为它离星辰最近，又依靠物理学。但预测往往是以一般的警告形式给出，而不是精确的描述，天气预报其实是一种概率游戏。预测模型依靠参数建立起来，而参数化带来了模型误差。模型越精确，未知参数的数目就越多。模型具有高度的灵活性，可以调整它们，使其符合历史数据，但准确地预测未来仍然难以实现。气象学家把全球变暖看成一个可追踪的有趣的理论问题，并认为可以运用大型数学模型来解决。但是，如果我们连下周的天气都无法预测，我们还能预测气候吗？

一片羽毛从100米高的楼上飘落下来100次，会有100个落点，任何细微的环境差异都会导致落点的巨大差异。一片羽毛既是如此，更何况复杂的生命系统。

财经预测最自恋，经常会落入假定未来和过去相似的陷阱之中。人们总是依据周期理论、波浪理论、图表、斐波那契比率等工具来预测金融产品的走势。但技术指标反映的是过去，昭示的未必是未来，过度迷信技术指标，必将陷入交易的陷阱。

2008年初，35家机构预测2008年上证指数将在4000~7000点运行，没有任何机构和专家预测上证指数会到3500点以下，但当年上证指数低点到了1664点。财经预测的低成功率说明市场有效性的假设，金融市场是基于经济和人性的复杂系统，变幻莫测，市场不可能简化成纯粹的数学法则。如果有几次你猜对了，那是你撞上了。任何人、任何技术都无法始终如一地预测未来。

年轻时我曾读过《易经》《推背图说》《梅花易数》以及手相、面相等方面的书，有时也免不了尝试一下卜卦，但自从我认识到“大易者不卜”之后，就再也不迷恋预测了。如今，我倒觉得算命先生有时起到了心理医生的作用，当人遇到难事、一筹莫展时，算命先生像是给出了逢凶化吉的方法，尽管是瞎说，但人因此而获得了强大的心理支撑、重新振作了起来。

未来就绝对不能预测了吗？那也未必。就像“易”有“变易”“简易”“不易”之说。世界既无序，又有序，充满机会，充满变化，如此才有“皇帝轮流做，明年到我家”的希望。如果一切都是命中注定，那么人为进取将毫无意义。

决定命运的是有序性部分，有序性往往以趋势的形式出现。人的行为模式越是符合趋势性质，结果就越有利；反之，越是背离趋势性质，结果就越有害。趋势有可能被我们所认识，至少部分地被认识。我们正确认识有序的部分越多，则越有能力改进行为模式，适应趋势变化，顺势而为，从而在更大程度上改变自己的命运。但我们不可能完全认识所有趋势，因此，保持适当的谦卑和谨慎、不懈地努力，时刻警惕“黑天鹅”的出现，才是正确的人生态度。

我觉得人生绝不像一片从高空飘落的羽毛，无法掌控自己的落点；人生更像一位跳伞运动员，尽管受到复杂天气的影响，但大致还是可以掌控自己的行程。未来无法预测，但或多或少可以把握。人生在于选择，我们的每个决定都会影响到我们的未来。

89

外星人就在月球背面吗

如果外星人真的造访地球，我们这些地球人将是破天荒第一次承受有史以来最大的一次心理冲击，惊异和恐惧将充满我们的心头。

1969年7月21日，“阿波罗11号”成功登月，美国宇航员阿姆斯特朗成为人类历史上第一个登上月球的人。在令人沸腾的电视直播中，阿姆斯特朗说了一句：“难以置信！这里有其他宇宙飞船……”此后信号突然中断。美国宇航局对此从未作出任何解释。不久之后，美国政府宣布终止一切登月计划，美国宇航局向人们隐瞒了什么？

多年以后，包括阿姆斯特朗在内的数位美国登月宇航员，屡屡在各种场合发表自己“曾在月球上与外星人有过接触”的言论，引发轩然大波。阿姆斯特朗说过：“月球是外星人的基地……”外星人真的就在月球背面吗？

2019年1月3日，我国“嫦娥四号”探测器成功着陆在月球背面东经177.6度、南纬45.5度附近的预选着陆区——冯·卡门撞击坑内，并通过“鹊桥”中继星传回了世界第一张近距离拍摄的月背影像图，揭开了古老月背的神秘面纱。据中国国家航天局介绍，此次任务实现了人类探测器首次在月球背面的软着陆以及首次月背与地球的中继通信，开启了人类月球探测的新篇章。

“嫦娥四号”探测器成功着陆月球背面，又一次引发了我对外星人是否存在的思考。UFO（不明飞行物，飞碟）现象是20世纪最激动人心、最富于深远意义的事件。20世纪下半叶以来，有关外星人的传说就不绝于耳。根据大量报道，飞碟可能是一种具有高度科学技术水平的宇航器，它或许是外星智能生物派来的“侦察员”。或许，要理解飞碟现象，已经超出我们地球人的有限智慧，就像我们这些只有三维空间概念的生物，要想象比三维多的多维空间是相当困难或不可能的一样。

一天夜里，我辗转反侧，从前看过的有关UFO的报道蓦然地浮现在我的脑际。睡梦中我仿佛随“嫦娥”登上了月球，发现外星人就在月球背面，我以万分惊奇的目光注视着外星人的宇航器所发出的五光十色，那螺旋结构，那自旋，那无声的运动……

梦中惊醒，我突然感觉我们地球人只是千千万万星球中的一类，地球人是何等渺小！在茫茫无垠的宇宙中，地球只不过是宇宙一粒微不足道的尘埃，一个“孤岛”而已。

据说，远古时期并没有月亮，大约在1.5万多年以前，一艘来自宇宙深处的外星人飞船——月亮宇宙飞船，突然拐了一个弯，驶进太阳系，并降临地球近地轨道，正好悬浮在地球上空。月亮的来历不明，它有那么多令科学家不解的谜团：太阳对月球的吸引力是地球对月球吸引力的2.53倍，但为什么月球仍然能够围绕地球运行？为什么说月亮好像一个中空体？为什么美国突然停止了“阿波罗”登月计划……

如果外星人真的造访地球，我们这些地球人将是破天荒第一次承受有史以来最大的一次心理冲击，惊异和恐惧将充斥心头。千百年以来，我们地球人信奉的最高准则是“人是万物的尺度”，这是一种以地球人为中心的价值理论，一切是非功过只是相对于地球人讲的。如果外星人真的造访地球，这种人类沙文主义必将遭到前所未有的冲击。

地球以外有生物吗？银河系有1000多亿颗星体，千万个世界产生爆炸、毁灭或再生……在银河系1000多亿个星体中，假如有万分之一的星体有生命存在的可能，那么就有1000多万个；在1000多万个星体中，假如万分之一有智慧生物，那么也会有1000多个。如果算上河外星系，存在生物的概率会高得吓人。“人类是宇宙独苗”的想法看来是幼稚可笑的。

就目前来说，有的人认为存在外星人，它们对地球人会十分友善；另一部分人认为，不存在外星人，即使存在，它们对待我们地球人也是不友善的。也许，在外星人看来，宇宙中根本就无所谓善恶；或者，它们的社会和价值标准要比地球人社会高尚千百倍，合理千百倍 …… 但无论如何猜测，这些都是地球人的井蛙之见。

90

终极之问

人从哪里来？宇宙究竟有多大？对人类与宇宙奥秘的终极之问，也许永远也弄不清。

人从哪里来？又到哪里去？人有灵魂吗？存在神或上帝吗？宇宙是如何形成的？宇宙有边缘吗？存在外星人吗？……夜深人静，辗转反侧，尤其在北风呼啸刮得窗外哨子般作响的时候，这些老大难问题就会像一缕魔烟似的从我心里冒出来，困扰着我。

人从哪里来？某些宗教或神话认为上帝造人，达尔文进化论则认为人是从猿猴进化而来的。如果人是上帝创造的，上帝从何而来？这又是一个扯不清的问题。如果人类是从猿猴的一支进化而来的，剩下的猿猴为什么就没有进化成人的迹象？

人到哪里去？一种说法是人死如灯灭，烟消云散；另一种说法是灵魂不死，人死后或进入天堂或进入地狱，佛教相信天道、人道、阿修罗道、畜生道、饿鬼道、地狱道六道轮回。

死亡是终极之谜，不管你是否相信灵魂，你可能会希望灵魂的存在，因为那样你死后就有可能仍然活着，就有可能永生。但是，永生就一定好吗？朱利安·巴恩斯的短篇小说《梦》写到，巴恩斯幻想天堂是个你想做任何事情都可以、想做多久都可以的地方，但他最终感到的是无聊和厌倦。如果你相信灵魂，你怎么论证它的存在？灵魂是否在空间上有一个处所？它能活多久？如果你相信灵魂，你也许就会担心受到上帝的末日审判，进天堂还是下地狱。

存在神或上帝吗？世界上最重要的问题莫过于神是否存在，它对于人的定位、人生的意义以及最终的命运都有着密不可分的关系。宗教解决了人从哪里来、又到哪里去的问题。信徒们会感觉到一种与神同在的体验，感觉自己不再孤单，做任何事情都有了方向可依。但神或上帝是否存在只能相信，而无法被证明。

无神论者当然不相信上帝的存在，弗洛伊德认为宗教是人类心理的拐杖，上帝并没有依照他的形象创造世人，反倒是人类依着自己父母的形象，或者更正确地说，是依着童年时父亲的形象，塑造了上帝。

还有一种观点是“泛神论”，认为大自然即上帝，上帝即大自然，上帝与大自然是同一回事（Nature =God=Nature），泛神论其实是一种“客客气气的无神论”。如果大自然就是上帝，那么大自然又是什么？

“四方上下曰宇，古往今来曰宙。”中国古人的宇宙概念囊括了时间和空间。茫茫宇宙自古就是最令人类产生无限遐思的地方。宇宙有没有一个开端？时间是什么？先有鸡还是先有蛋？宇宙在空间上有没有边界？

千百年来，科学家们一直在探寻宇宙起源的问题。直到今天，许多科学家认为，宇宙是由大约137亿年前发生的一次大爆炸形成的。大爆炸使物质四散出去，宇宙空间不断膨胀，温度也相应下降，后来相继出现了宇宙中的所有星系、恒星、行星乃至生命。

不过，大爆炸理论也有许多不能解决的问题，比如说大爆炸之前的宇宙是什么样子？是整个宇宙都起源于这场爆炸，还是这场大爆炸仅仅是我们已知范围的宇宙的起源？爆炸之后是要永远膨胀下去，还是有一天会停下来或转变为逆向的收缩？

由于科技水平有限，如今能精确测量的宇宙的宽度及深度是有限的。宇宙边缘到底在哪里？至今科学家们仍然无法准确说明，科学家能够测量到的边缘，也仅仅是我们能够探知的极限而已，这并不能代表宇宙真正的界限！人类对宇宙的探秘永远不会停歇！宇宙究竟有多大，宇宙有无边缘，甚至宇宙边缘是什么将是人类永远探索的难题……

飞碟（UFO，不明飞行物）现象是20世纪最激动人心、最富于深远意义的事件，它引发人们去思考：存在外星人吗？在茫茫无垠的宇宙中，地球只不过是宇宙一粒微不足道的尘埃，“人类是宇宙独苗”的想法可能是幼稚可笑的。如果外星人真的造访地球，我们这些地球人将是破天荒第一次承受有史以来最大的一次心理冲击，好奇和恐惧感将充满我们的心头……

图书在版编目（CIP）数据

由生存到寻找意义 / 海潮著. -- 北京：作家出版社，2025. 7 -- ISBN 978-7-5212-3524-1

Ⅰ. I267

中国国家版本馆CIP数据核字第2025YU8112号

由生存到寻找意义

作　　者：海　潮
责任编辑：宋辰辰
装帧设计：意匠文化·丁奔亮
出版发行：作家出版社有限公司
社　　址：北京农展馆南里10号　　**邮　　编**：100125
电话传真：86-10-65067186（发行中心）
86-10-65004079（总编室）
E-mail:zuojia@zuojia.net.cn
http://www.zuojiachubanshe.com
印　　刷：北京博海升彩色印刷有限公司
成品尺寸：142×210
字　　数：241千
印　　张：12.125
版　　次：2025年7月第1版
印　　次：2025年7月第1次印刷
ISBN　978-7-5212-3524-1
定　　价：68.00元